寫一篇精彩的學位論文

林進材 著

五南圖書出版公司 印行

FOREWORD

序　言

　　近幾年來，隨著國內高等教育的蓬勃發展，公私立大學研究所的林立，研究生的數量快速地成長。完成大學學業的畢業生，直接進入研究所就讀的比率，隨著高等教育的發展逐年攀升。研究所入學考試與學位論文的撰寫，是邁向學術研究生涯的二個重要階段。在報考研究所時如何作正確的抉擇，面對筆試與甄試的層層考驗，通過研究所考試之後，如何在研究所的課程選修與教授們保持良好的互動，為自己奠定良好的學術研究基礎，進而順利完成高級學位，進入就業市場或從事學術研究，是所有大學畢業生和研究生最關心的議題。

　　本書的撰寫，係以研究生在撰寫論文上的實際需要，並以作者多年來指導研究生學位論文，與出席學位論文口試的經驗，提供研究生撰寫學位論文的要領與訣竅。透過經驗的分享、要領與訣竅的研擬方式，讓研究生可以從他人的經驗中，減少嘗試錯誤的機會。透過本書的閱讀與運用，提供研究生從大學畢業後，報考研究所的選擇、進入研究所就讀、與學長姐的互動、選擇指導教授、和指導教授的互動、撰寫學位論文等相關議題上，豐富實際的經驗。從經驗的學習中，公式的套用與模擬中，可以提供研究生專業上的知能，以及熟練技巧的學習。

　　本書在內容方面，計分成十四章，第一章為研究所甄試筆試與口試，內容包括研究所的選擇、筆試與口試、研究計畫的撰寫、考古題的應用、考試拿高分的技巧；第二章為研究所新鮮人的備忘錄，內容包括做好讀研究所的準備、認識研究所的學長姐、和學長保持良好的關係、認識每一位指導教授、掌握研究所各項規定、研究所的新人座右銘；第

三章為研究所課程的選修與通過，內容包括專業課程與專門課程、選修課程與必修課程、平時報告與學術論文、平時報告與期末報告、英文資料與中文文獻、時間管理與學術論文、論文撰寫與論文發表、課程選修與論文撰寫等內容；第四章為研究領域與焦點的選擇，精彩內容包括選擇具有特色的題目、選擇適合自己的領域、研究興趣與學位論文、在現實與理想作抉擇、如何為自己學術聚焦、在選定學術焦點之後的議題分析；第五章研究生與指導教授關係，敘述內容包括指導教授有哪些類型、適合自己的指導教授、研究生與指導教授的關係、學術研究與廉價勞工問題、如果和指導教授理念不合、雙指導教授所面臨的問題分析。

第六章為學位論文的格式與撰寫，分析提供的內容包括學位論文的章節名稱、APA格式的規範、論文的章節內容如何安排、學位論文的撰寫要領、致謝詞的寫法、學位論文的評論要點；第七章為論文文獻蒐集整理歸納，分析焦點包括如何研判文獻的重要性、如何將文獻去蕪存菁、文獻資料如何有效分類、文獻撰寫的注意事項、如何寫一篇動人的文獻、相關研究如何撰寫運用；第八章為研究方法的類型與應用，探討內容為教育研究典範、教學研究典範、教學研究方法論的類型、教學研究方法論應該注意的問題等；第九章內容為研究資料的處理與分析，重點包括研究結果分析與討論問題、圖表的應用問題、一般容易犯的錯誤、相關文獻與研究結果、因果關係的應用、研究結果的論證、綜合討論；第十章內容為研究結論與建議的應用，分析研究結論如何下才具體、研究建議怎麼寫才明確、研究結論與建議的關係、如何作具體明確的建議、結論應該避免哪些迷失、參考書目的問題等。

第十一章內容為高品質論文具備的特質，探討內容囊括論文整體性方面、緒論理念與摘要、文獻評述方面、研究方法、研究結果分析與討論、研究結論與建議、論文格式方面等議題；第十二章為撰寫論文容易犯的錯誤，提供資料包括論文撰寫進度問題、時間與進度的規劃問題、與指導教授聯繫問題、中英文摘要問題、人際互動的問題等；第十三章為論文口試的準備與實施，分享經驗包括論文口試的時間、論文口試

的準備、行政方面的流程、論文口試的論辯、論文口試結束後的工作項目；第十四章為論文口試委員常提的問題，內容包括論文研究過程、論文方法論、後續研究問題、生涯發展等問題。

　　本書的撰寫，是奠基於筆者指導研究生多年的經驗分享，提供各種實務性的經驗，希望透過經驗分享的方式，可以引導研究生在撰寫論文過程，思考一些本質性的問題，在遇到迷惑時可以引為借鏡。本書的完成，首先要感謝多年來不忌筆者在指導論文過程中，嘮嘮叨叨細細念情景的研究生，在有形或無形中提供各種處遇和經驗，才會有撰寫本書的靈感與想法。其次，要感謝五南圖書出版公司多年來，對筆者在專業書籍出版的鼎力支持，以及陳副總編念組和編輯群的費心規劃設計，至為感紉。學棣蔡啓達校長、蕭英勵老師在第八章方法論的撰寫和努力，讓本書的內容更添光彩。最後，要感謝內人香河以各種形式對筆者個人的全力支持，始有本書的完成。本書的出版，期能提供研究生，撰寫學位論文一些基本的想法和概念，並誠摯盼望如有疏漏之處，不論指正是幸。

林進材

謹識於臺南大學教育學系

CONTENTS

目　錄

CHAPTER 1

研究所甄試筆試與口試

進入心中理想的研究所就讀，是一般大學畢業生的夢想。透過就讀研究所取得比較高的學位，可以在未來的就業市場中擁有優勢，比一般畢業生可以擁有更多元的選擇機會。然而，在生涯規劃中，如何規劃理想的研究所？哪些研究所比較適合自己？研究所考試的類型有哪些？研究所筆試與口試如何取得高分？是在就讀與選擇研究所前必須正視的議題。

一 為什麼要讀研究所

㈠取得高學歷

就讀研究所的大學畢業生，主要的動機在於取得比較高的學歷，透過高學歷的取得，可以在未來的生涯發展中，擁有比一般大學畢業生更好的優勢。依據相關的研究指出，國內目前的研究所碩士班數量，在短期內過渡發展的現象下，人學畢業生要就讀研究所，是一件相當容易的事。只要在研究所的選擇上，配合自己的興趣和專長，稍加努力就可以如願。

㈡擁有高能力

一般的學生認為研究所畢業取得碩士（或博士）學位，和大學畢業生相比，擁有比較高的能力，不管在思想上、思考上、行為上。因而，大學畢業生如果沒有更好的職場就業機會，就會選擇和自己興趣比較接近，或是離就業市場需求契合的研究所就讀。

㈢就業機會多

研究所畢業取得高學歷，在就業機會上會比大學畢業生還高的想法，普遍地存在一般大學畢業生的想法中。目前就業市場在徵求人才時，在待遇上的確有因為高學歷，給予比較高待遇的現象。但，並非所有的就業市場和產業，在員工待遇上因為高學歷給予比較高的待遇，而待遇的高低往往因為能力和努力的程度而定。

㈣追求更好的發展

大學畢業生如果可以順利進入研究所就讀，比一般的大學生具有更好的發展。不管是生涯發展，或是未來職場上的需要，擁有高學歷可以追求更好的發展。殊不知，影響生涯發展的因素，除了取得比較高的學歷之外，也要靠自己在專業方面的努力。

㈤走學術研究路線

進入研究所就讀是從事學術研究的基礎，透過研究所階段的學術訓練，可以引導學生了解基本的學術研究，所必須具備的條件，以及基本的涵養。此外，研究所就讀期間，研究生多半會參與教授的專案研究計畫，從研究計畫的進行與實施，學習各種學術研究的步驟、方法等。

㈥自我提升的機會

就讀研究所不僅可以提升個人的基本能力，同時可以透過學術研究，讓自己的能力不斷地提升。研究所階段的課程，重點在於方法論的研習，以及批判能力的培養，透過各種學術研究方法論的運用，可以讓個體有不斷提升的機會，對於日常生活中的各種生活事件，可以用嚴謹的方法論加以探究，透過探究的形式可以提昇自己的視野。

㈦逃避就業壓力

就讀研究所的另一個消極因素，在於大學畢業生逃避就業壓力，希望就讀研究所，可以暫時減緩來自就業方面的壓力。此外，也寄望研究所就讀期間可以為自己在各方面多加充實，以時間換取空間的方式，在未來的就業上可以擁有更多的選擇，以及更多的機會。如果，大學畢業生在短時間可以找到理想工作，就不必急於就讀研究所，可以先進入就業市場，等工作一段時間後再以「在職進修」方式就讀研究所。

㈧他人期望

依據相關的研究資料顯示，有大半的研究所新生，選擇就讀研究所的原因，在於將就他人的期望，包括同儕友伴、父母親友等。如果持此種想法的學生，比較缺乏自己的想法，對於未來的發展缺乏系統性的計畫。此類學生應該給予適性的生涯規劃與發展的訊息，並且透過學校教育系統或輔導系統，給予學習方面的協助。

㈨現實社會的要求

就讀研究所的動機，包括來自現實社會的要求，例如整體景氣不佳、就業壓力大、謀職不易、收入驟減等情境脈絡因素。因此，

大學畢業生在社會現實和壓力之下，選擇就讀研究所加以因應。有鑑於社會現實的要求，學生在選擇研究所就讀，通常會考量現實環境以及未來發展上的問題，選擇比較適合自己未來，並且能有所發揮的研究所。

二 哪些研究所適合你

國內研究所招生人數，隨著高等教育的快速擴充，研究所的入學比率相對地提高，就讀研究所對大學畢業生而言是相當容易的事，只要在入學考試上花些時間和心思，要考上研究所並非難事。然而，選擇研究所就讀前，應該考慮各種因素，作為選擇的參考。

㈠應考慮哪些因素

選擇研究所就讀，必須考慮並且將就各種因素，包括自己的生涯規劃、未來的發展、對學術研究的興趣、對研究所屬性的熟悉度等，在報考研究所之前，都需要作深度的思考。如果單純只為了念研究所而選擇研究所的話，日後在進修過程中會感到相當孤單寂寞，甚至因為缺乏興趣而輟學。在選擇報考研究所前，比較理想的方式是結合各種因素，選擇最適合自己發展的研究所，對自己的生涯發展具有正向積極的意義。

㈡有哪些基本能力

在研究所的選擇方面，需要考慮自己的基本能力有哪些？一般的研究所在入學考試時，都會依據該所的性質、宗旨、發展方向、師資陣容等，設立研究所入學的基本條件，例如國內一般教育大學的研究所，具有師資培育的系所會要求入學新生必須國內相關科系畢業，或是現職中小學教師（例如在職進修班），始可報考。此

外，系所屬性與一般性研究所不同者，考生在報考前也應該了解自己的基本能力，是否適合就讀該研究所。例如，測驗與統計研究所的新生，至少應該具備基本的數學能力或測驗統計基本素養。

㈢如何正確的選擇

就讀研究所不僅涉及個人未來的生涯發展，也會影響未來的就業與職場的選擇。因此，在選擇就讀的研究所過程中，應該多方蒐集研究所的相關資料，多向學長姊請教，深入了解研究所的屬性、師資、未來的發展等，以便形成正確的選擇。如果入學之後才發現和自己的興趣不合，或是基本能力無法應付研究所的課程，徒然浪費自己的時間，很容易因而形成學習的挫折。

㈣自己的實力何在

要選擇好的研究所就讀，就必須先衡量自己有哪些實力，才夠資格挑選適合自己的研究所。如果自己的實力不佳，各方面的基本能力欠缺，則只好淪為研究所挑學生的處境。研究所的設立，主要在於延續大學教育的課程，因此在學生基本能力的培養上，具有相當高的延續作用。在大學階段如果想要畢業後，繼續在研究所深造的話，必須充實自己的學科知能，以及各方面的專業能力。

㈤了解研究所性質

在選讀研究所之前，應該針對該研究所的性質、發展、師資、課程、設立宗旨、學生出路等方面的訊息，作充分的了解。避免在考上該研究所就讀之後，發現研究所的性質和自己的規劃相去甚遠的現象。想要深入了解研究所的性質，可以從大學的網站資料連線，進入該研究所的網頁，了解研究所的相關資料和訊息。或者，可以透過熟識的學長姊，請其提供該所的相關訊息，作為選擇的參考。

㈥正視興趣的議題

研究所的就讀，除了將就現實環境之外，也應該配合自己的興趣。如果能夠和自己的興趣相結合，未來的進修生涯遇到任何的挫折時，才能以各種毅力和精神面對各種的挑戰。假若單純考慮到現實環境，以及未來職場上的需要，缺乏顧及自身的興趣，則遇到困難時容易萌生退縮的意念。在理想與現實的抉擇中，還需考慮自身意願的問題，才能在未來的生涯發展中適性的發展。

㈦結合生涯的規劃

生涯規劃與生涯發展，彼此是息息相關的。就讀研究所的規劃與選擇，理應結合個人的生涯規劃，作為後續發展的參考指標。研究所的課程是針對學術發展而設計，選修研究所的課程是為了未來的學術發展奠定基礎。當然，國內有少部分研究所強調實務經驗的重要性，學術研究則為大部分研究所的重點。研究生應該了解研究所的屬性，結合自己的生涯規劃，並研擬有效的策略以為參酌。

㈧其他重要的因素

除了上述的因素之外，選讀研究所也應該考慮外在環境與情境脈絡的各種因素，例如有學生為了提昇自己的專業能力，而選讀研究所；有學生為了加薪晉級而選擇就讀研究所；或是為了和老闆賭一口氣而就讀研究所等。不管自己選擇研究所的考慮因素為何，都需要為自己的選擇負責任。

就讀研究所的準備

㈠研擬適當讀書計畫

準備研究所考試前，應該擬定一個適當的讀書計畫，針對自己的作息時間，並且結合自己的專長，挑選適合的研究所，作系統性的讀書準備。才能在研究所考試中，找到理想的系所就讀，以發展自己的未來。在讀書計畫的準備上，應該多向學長姐請教，才能達到系統且高效能的讀書效果。

㈡準備個人專業資料

個人專業資料的準備，應該在平時就累積並養成建檔的習慣，隨時可以從檔案中擷取自己需要的資料。國內資訊電腦發展速度相當快且普遍，想要就讀研究所的同學，應該在平日就養成電腦建檔的習慣，將自己的專業資料儲存在檔案中，作為未來發展的參考。

㈢調整日常生活作息

一般的學生在時間的運用方面，需要透過更有效的策略運用，才能達到預期的效果。大學生普遍的習慣是「晚上不睡覺、早上不起床」，因而生涯規劃僅停留在紙上作業，無法收到預計的效果。如果想要就讀研究所，就必須在日常生活作息有所改變，以計畫性的、系統性的作息，配合自己的讀書習慣，才能收到預期的效果，並且在研究所招生考試中，以優異的成績拔得頭籌。

㈣養成閱讀資料習慣

資料閱讀習慣的養成，必須靠平日養成習慣。如果在平日沒有

養成蒐集資料的習慣，則對於各種專門知識的發展，缺乏整體性的了解，無法在未來的研究所生涯中，發展屬於自己的特色。研究所階段的課程，與一般大學的課程是相去甚遠的。研究所強調的是對理論與實際的批判，對實務發展的反省，因而必須透過大量資料的閱讀，才能養成批判反省的能力。

㈤蒐集各項專業文獻

專業文獻資料的蒐集，必須透過各種方式的蒐集與整理，才能建立專業資料庫。一般設有研究所的學校，該系所單位多半設有簡易的圖書館，管內藏有屬於該系所特色的重要文獻資料。專業文獻的蒐集，可以透過未來系所的接洽，作先期的資料整理。專業文獻的整理，除了可以提供學生針對未來的研究所課程，有粗淺的了解，同時也具有導讀作用。

㈥建立個人文獻檔案

個人檔案的建立，不僅是為了研究所入學考試，同時也為了了解自己過去的經驗，以及努力的成果。文獻檔案的建立，主要用意在於協助發展自己的專長，以及作為後續就讀研究所的準備。透過個人文獻檔案的建立，可以將自己有興趣的主題，作系統性的整理，並且可以作為研究所學科考試與口試的準備。

㈦熟悉研究所的訊息

報考研究所前，對於自己未來即將就讀的研究所，相關的訊息應該作深入的了解。包括研究所的發展目標、師資設備、目前的發展方向、已經有多少的畢業生、畢業生的就業市場等，對研究所訊息的了解越透徹，未來的發展就會越順遂。

㈧研擬重要先期計畫

對於先期計畫的研擬，可以結合各種與研究所有關的資料和訊息。報考研究所前，可以先蒐集相關的資料，將資料作統整歸納，不僅有助於對未來研究所的了解，也可以認識該研究所的特性，作為準備研究所考試，以及未來就讀研究所的先期作業。

四 研究所筆試考哪些

㈠蒐集歷年筆試科目

想要考上理想的研究所，歷年筆試科目的了解，是最重要的關鍵。在準備研究所考試前，應該針對該研究所的歷年考試，以及歷年的考試題目，作重點式的分析。包括入學考試筆試考哪些科目？出題的形式如何？題目類型和重點何在？哪些書籍是該研究所入學考試的聖經？每年命題的重點何在？等等，都是筆試準備的要領。

㈡了解系所專業課程

每個大學系所在研究所入學考試時，在筆試方面都會以系所幾門必修課程，作為筆試的主要科目，通常筆試必考科目為該所的專業課程（或必修課程），想要在筆試方面取得比較高的成績，考生必須先透過該系所的網頁資料，查詢研究所的專業課程，以及重要的課程內容。

㈢有效運用歷年題目

歷年題目對想要報考研究所的考生而言，具有相當關鍵性的影響因素。如果可以蒐集該研究所歷年的入學考試科目，透過考古題

內容的練習，可以提供考生考前的複習，並且透過考古題的模擬寫作，有助於在筆試成績方面取得比較高的分數。此外，一般研究所的入學筆試，在命題技術上多半要求不可以有命題重複的現象（至少幾年內），此一原則可以提供考生在考前預習的另類思考。

㈣筆試作為入學關鍵

研究所考試在內容方面，通常分成筆試和口試兩階段，而筆試所占的成績比率，往往是比較高的。例如有研究所的入學考試，筆試占80%，口試占20%，因而筆試成為金榜題名與否的關鍵。如果考生可以在筆試中比一般考生取得比較高的分數，則考上研究所的機率就比較高。例如筆試如果比一般考生高40分，換算成百分比為32分，口試成績必須高過考生160分才可能趕上。

㈤分析歷年筆試題目

研究所的筆試與一般的學力測驗，或是各類型的考試差異性相當大。研究所強調的是學生的歸納分析與批判論證能力，因而在筆試方面以申論題占多數。透過歷年筆試題目的分析，可以提供考生在筆試準備上的參考。一般申論題的命題與測驗題或填充題的命題形式，差異性是相當大的。換言之，哪些議題可以成為申論題，其實是有限制的。

㈥運用歷年筆試題目

歷年筆試題目的運用，對於考生的臨場考試，具有正面積極的意義。考生可以透過考古題的練習，了解自己在申論題作答的各種現象，例如一分鐘寫多少字？申論題的作答是否需要調整？對於申論題的作答習慣是否可以適應？會不會產生頭重腳輕的現象？等等問題，都是透過歷年考古題練習而來。

五 考古題的主要作用

(一) 了解過去的考試方向

考古題的主要作用，在於提供考生了解該研究所過去曾經考過哪些題目？哪些重點？哪些範圍？透過考古題的分析與練習，可以讓考生在考前針對該研究所的專業課程，有比較深入的了解。並且在準備考試前，可以透過考古題的蒐集和練習，在筆試中取得比較高的分數。

(二) 預測未來的命題內容

考古題的另一種功能，在於協助考生預測未來的命題內容，因為透過考古題的形式（form），可以讓考生了解並且預測未來的命題內容。一般專業課程的內容論述，均圍繞在相同的理論與實際、事實與論證的議題上，所以理論的應用與批判多半都是一致的。

(三) 提供考試的臨場經驗

一般的考生在考試現場，常因為各種壓力因素而影響考試成績，因而考試前的臨場練習，對參加考試的學生是相當重要的。透過考古題的作答，可以降低來自臨場的壓力，也可以減緩對題目陌生而產生的恐懼。此外，研究所的入學考試，在臨場經驗的累積方面，對考生取得筆試的高分，具有正面的效應。

(四) 深究筆試的主要趨勢

從考古題的內容，研究所的考生可以預測未來的命題趨勢，以及主要命題的方向。透過考古題的練習與分析，可以了解筆試命題

的主要趨勢，作為筆試準備的參考，同時也可以透過筆試內容蒐集重要的文獻，預測未來的筆試命題趨勢。

(五)提供反覆練習的機會

研究所的考試不管是筆試或是口試，反覆練習對考生是相當重要的課題，透過反覆練習的形式，可以提供考生各種臨場反應的機會。筆試的反覆練習，可以讓考生作為考前自我評鑑的機會；口試的反覆練習，可以增加考生臺風和反應的機會。在筆試的反覆練習中，考生可以透過考古題的抄寫，形成解題和破題的關鍵經驗，進而在筆試中取得高分。

 研究所口試考哪些

(一)個人基本資料審查

報考研究所考試，大部分的研究所會要求考生提供個人基本資料，以固定的基本資料表，提供研究所口試委員參考。因此，考生在填具基本資料表時，應該儘量針對資料表要求的項目，作詳細的填寫，並且熟記自己提供的資料內容。因為口試委員會從考生提供的資料中，提出口試問題。

(二)未來研究計畫口試

未來的研究計畫是口試中，最為關鍵的部分。透過研究計畫的內容口試，可以讓研究所教授了解學生未來的研究能力，以及在學術研究上的基礎能力。因此，考生在研究計畫的撰寫上，必須特別的用心並且符合一般計畫撰寫的格式。研究計畫提供口試委員了解考生的機會，同時也可以透過研究計畫的研擬，深入了解學生未來

的發展方向。

㈢ 了解生涯發展計畫

生涯發展計畫的撰寫，可以了解學生未來在學術研究與發展的雛形，同時可以提供學生對未來的發展是否具有信心的參考。考生的生涯發展內容，包括研究主題與研究興趣、未來的研究計畫與進度，以及自己的讀書計畫。因此，在生涯發展計畫的研擬中，考生應該結合未來就讀研究所的特性。

㈣ 提供讀書研究計畫

讀書研究計畫的撰寫，在內容方面包括選修課程的焦點、研究所專業課程的準備、平日的讀書計畫、預計讀哪些重要的文獻、專書、報告等，透過讀書計畫的規劃，可以了解學生的時間掌握與讀書方法和策略是否適當，並且透過讀書計畫內容的提供，可以掌握學生就讀研究所後的未來發展。

㈤ 對研究所了解程度

一般研究所的入學口試時間，大約為15至20分鐘左右，口試委員最常問學生的問題，在於學生對該研究所的了解程度。因此，考生在口試前應該對未來就讀的研究所有深入的了解。讓口試委員相信，自己是有備而來的，對於未來的就學充滿信心和計畫。同時也讓委員了解錄取自己，對研究所未來的發展是有積極正面的意義。

㈥ 報考研究所的動機

動機決定後續的行為，行為本身潛藏對事件的觀點。每個報考研究所的考生，在動機方面皆大同小異。如何在口試時，將自己的報考動機，作吸引人、動人的詮釋與說明，影響口試委員對考生的看法與評價。一般而言，報考研究所的動機至少應該包括對系所的

了解、自己的生涯發展、未來就業市場的考慮，以及未來的專業與專長。

㈦對專業發展的了解

研究所考生對自己專業發展的了解程度，影響未來在學術研究上的發展。因此，在口試時委員最常提及的問題為對自己專業的了解，以及自己具備哪些專業能力。說穿了，憑什麼理由或條件可以說服委員錄取該生，成為研究所新生的一份子。此方面的準備，考生應該在平日作系統性的規劃，了解並培養自己的專業實力。

㈧評鑑研究基礎能力

研究基礎能力的評鑑，端賴口試委員在考試現場，依據委員本身的專長提出臨場性的問題而定，因此考生在準備上是相當難的。通常在基礎研究能力的評鑑上，考生可以從平日重要文獻與研究報告的閱讀中，慢慢累積經驗和實力。才能在口試現場中，針對委員的問題提出相對應的答案。

七 研究計畫要怎麼寫

㈠參考前人的作品

研究計畫的撰寫，不同的研究所會依據單位的性質，擬定不同的格式或樣式。報考研究所的考生，應該先了解學長姐的計畫內容、計畫的撰寫要領與訣竅，作為撰寫計畫的參考。如此，才不至於浪費時間在撰寫的格式上。參考他人的作品，可以節省不必要的時間浪費，或是計畫失焦的現象。最理想的策略，是找去年該研究所入學考試前幾名學長姐的作品，作為撰寫的臨摹之用，從成功者

身上汲取重要的經驗。

㈡格式內容需正確

論文計畫的撰寫，在學術上有共同的規範，稱之為APA格式（請參考本書第六章）。如果考生在撰寫計畫時，可以依據學術論文撰寫要求的規範，一來可以提高論文計畫的品質，同時可以讓研究所教授了解自己在學術發展的潛力，提高錄取的機會。

㈢應該包括前三章

一般論文計畫包括前三章，囊括第一章緒論、第二章文獻探討、第三章研究方法與步驟等。第一章的內容通常包括研究動機與重要性、研究目的與研究問題、研究範圍與限制、名詞釋義、研究方法論等；第二章文獻探討包括重要意涵、理論基礎、原理原則、相關研究等；第三章包括研究方法、研究流程、研究樣本、研究現場、資料蒐集與分析、資料統計等。前三章的撰寫形式，應該用未來式的方式撰寫（正式論文則用過去式）。

㈣用字遣詞學術化

學術論文的撰寫有固定的格式，在用字遣詞方面也有特定的形式，考生可以參考一般正式論文，以利在內容方面有所依循。例如，教育研究中的「老師」通常用「教師」；第一人稱的「我」偏向用「筆者」或「研究者」。

㈤引經據典要合理

學術論文的撰寫，引經據典是相當重要的。透過前人文獻統整歸納，可以驗證理論與實際的關聯性，也可以提供研究結果的論證依據。研究計畫的撰寫，在第二章的相關文獻整理，可以提供具有說服力的論點，強調研究者基於「一分證據說一分話」的基礎上言

而有據的最佳佐證。此外，相關研究的列舉，目的在於說服讀者研究者所提出的論點，都是奠定在他人重要研究的力論之上，並非胡謅亂編而來。

㈥小題大作忌統包

論文計畫關鍵不在於大題小作，而在於小題大作，從一個主要的基礎論點出發，延伸重要的發現與觀點。因而，研究計畫的撰寫重點，不在於以一個大的議題為主要的研究據點，而在於以一個重要的論點，延伸各種事實的論證。所以，考生的研究計畫應該力求精而美，避免廣而亂的現象。最理想的方式是「小題大作」，而非「大題小作」。

 八 考試拿高分的訣竅

㈠在現有的基礎上努力

研究所課程比大學階段更專業、更具學術性，因而有意願就讀研究所的考生，必須在現有的基礎上努力充實，將研究所視為大學教育的延伸。因而，報考研究所儘量以結合大學的課程為主，避免在專業方面作太大幅度的轉變。

㈡充實自己的研究能力

研究能力的充實，除了一般的外文能力外，養成閱讀文獻與資料的習慣，對於研究能力的提升，以及後續學術論文的撰寫，具關鍵性的意義。此外，蒐集專業文獻與資料，並且作系統性的整理功夫，有助於閱讀能力和批判能力的提升。

(三)養成閱讀文獻的習慣

一般大學生最欠缺的是閱讀習慣的養成，研究所階段的學生必須不斷地閱讀專業重要的文獻，尤其是最新的研究文獻。研究所考試要取得高分，必須在平日養成閱讀專業文獻的習慣，對於國內外重要的研究文獻，必須能隨時掌握並且蒐集成為自己的文獻檔案。才能在研究所筆試階段，順利通過並取得口試資格。文獻閱讀習慣的養成，對於後續研究所的課程有正面的幫助，可以讓研究生很快地進入學術研究的殿堂。

(四)作有系統效率的準備

任何事情的規劃與準備，系統性與效率性的掌握，具有促進與增進的效果。如果想要在考試中取得高分，必須在計畫研擬階段，透過有效策略的運用，協助自己有步驟性地完成理想。例如讀書習慣的養成，必須透過有效閱讀策略的運用，才能收到異曲同工之效。

(五)培養去蕪存菁的能力

基本能力的培養，需要個人不斷且持續性的努力。如果理想定位在進入研究所就讀，並且取得高學位。然而，平日在時間的掌握與閱讀策略的運用是相當紊亂的，則理想恐怕僅停留在「紙上作業」淪為空談。

(六)扎根與厚實自身實力

「羅馬不是一天造成的」意旨於任何事情的成功，絕非一朝一夕僥倖而得，必須透過不斷的努力而來。能通過研究所考試者，並非純靠運氣，而在於基礎能力的養成。因而，想要在研究所考試中取得高分，必須持續性地扎根與厚實自己的實力，累積各種理論與

實務的經驗。

㈦熟諳考試流程與形式

考試流程與形式的了解，對於考生而言是金榜題名的關鍵。如果考生對研究所的考試流程，缺乏深入的理解，自然無法在未來的考試中拔得頭籌。例如，筆試參考書籍的準備、研究計畫的撰寫、讀書計畫的研擬，恐怕因對考試流程的陌生，導致失敗的結果。

㈧給予自己適當的壓力

適當的壓力對個體的成長，具有某種程度的驅力作用。因而，建議考生給自己一些適當的壓力，督促自己在考試上的各項準備工作。此外，可以和三五好友，共同準備考試，以群體準備的方式，作各項考前的準備，透過相互督促方式，達成預期的理想。

CHAPTER 2

研究所新鮮人的備忘錄

　　就讀研究所是生涯發展中，一個相當重要的關鍵。有機會從大學轉而就讀研究所，應該要好好把握難得的機會，爲自己的生涯發展努力。在進入研究所就讀前，應該掌握「入境隨俗、靜觀其變、全身而退」的三步驟。研究所的新鮮人，應該要謹愼爲自己做好學術研究的規劃，從他人身上學到成功之道，轉化成爲自己成長的源泉動力。

一　做好讀研究所的準備

㈠給自己一個具體的目標

　　就讀研究所計畫與理想的實現，背後充滿各種預期的目標。研究所新鮮人，應該在進入研究所就讀前，擬定一個近、中、長程計畫，並配合具體可行的策略。在目標的研擬上，建議結合研究所的課程與未來的發展。

㈡充實英文讀說寫的能力

　　英文的讀寫說能力，對研究生而言是必備的條件。研究所的課程中，強調國際視野與研究能力，因而研究生必須能隨時掌握國際

最新的研究發展，才能在學術研究中掌握新的趨勢。英文讀寫說能力的培養，並非一朝一夕可成，必須在平日慢慢養成閱讀外文資料的習慣。外文能力的培養，有助於研究生跟上國際學術舞臺。

㈢累積經濟後勤支援能力

研究所的課程，需要研究生能全神貫注，除了在職進修的研究生之外，全職研究生的課業壓力相當重。因此，在研究所階段的經濟來源對研究生而言，是一種相當重的負擔。如果研究生無法在經濟上，沒有任何的後顧之憂，工讀或是工作負擔會分散學術研究的時間。

㈣學術論文撰寫先備能力

學術論文的撰寫能力，必須平日慢慢地養成。大學生比較缺乏的能力，在於學術論文的撰寫，因而研究生必須養成隨時寫文章的習慣。在練習寫文章前，必須大量地閱讀相關的文獻，或是學者專家所寫的研究報告，作為模擬的參考。在研究所課程正式開始前，可以慢慢練習將閱讀的資料，以撰寫報告的方式寫下來，培養論文撰寫的先備能力。文章的寫法是靠平日不斷歷練，不斷地練習而來。

㈤結識學術研究同儕好友

學術研究同儕的相互勉勵，對於未來從事學術研究工作，具有相當正面的作用。透過同儕的相互分享、鼓勵可以激發在研究上的動機。研究生生涯中，應該多結交來自學術界的好友，隨時作學術研究上的分享。

㈥穩定的生活環境與作息

研究所階段的生涯，最需要的是穩定生活環境與作息。因而，

在進行研究所課程前，如果離鄉背井者，必須先將居住環境處理妥善，才能讓生活作息穩定。專心選修研究所課程，並且進行學位論文的撰寫工作。離學校近的主要用意在於減少每天不必要的奔波，將時間浪費在往返住處上。

二 認識研究所的學長姐

㈠減少嘗試錯誤機會

進入研究所就讀前，儘量認識所上的學長姐。從前輩的學習生涯，可以減少相當多不必要的嘗試錯誤機會。例如，專業課程如何選修？指導教授如何選擇？研究所有哪些禁忌？研究生要注意哪些？如何避開所上的地雷等問題，都可以從學長姐身上，取得各種正確的訊息。

㈡學習作正確的抉擇

從研究所學長姐的學習路徑，可以協助自己作正確的抉擇，例如在選課上可以了解哪些是重要且必須選擇的課程？哪些是營養學分？哪位教授習慣當掉研究生？哪些教授是好好先生？哪些主題的研究比較能順利完成？等等議題。缺乏正確的訊息，恐怕會讓研究生走相當多的冤枉路。

㈢從學長姐身上學習

研究所的學長姐是課程選修的受益者（也是受害者），如果在進入研究所就讀時，有熟識的學長姐作專業上的提攜，研究生可以在未來的進修中，左右逢源地完成預期的目標。例如同一指導教授的學長，可以提供該教授的各種訊息，包括指導風格、指導方式、

研究主題等等。研究生可以從同門師兄姐處，取得指導教授的各種正確訊息。

㈣避開不必要的地雷

研究所階段最忌諱的是誤踩地雷，而走上學術研究的不歸路，例如過去前人所犯的重大錯誤，後續的研究生再犯相同的錯誤，稱之為研究生涯的地雷。比較友善的學長姐，會毫無保留地分享成長過程中的各式各樣地雷，提醒後輩不要誤踩地雷，犯不可原諒的錯誤。例如，對教授不敬、以文字批評學術界前輩、過度指責學長姐等。

㈤相互提攜密切聯繫

不可諱言的，研究所的同儕彼此是既合作又競爭的團體，如果一味地強調彼此間的競爭，而缺乏專業上的合作，勢必成為研究生涯中的阻礙。比較理想的方式，是前後期同學相互提攜，彼此可以密切聯繫，成為學術研究上的夥伴，透過相互提攜與協助，達成完成學位的目標。

㈥提供各種專業協助

專業聯繫與協助，對於研究生而言是不可或缺的。如果可以和同儕相互合作，不僅對目前學位完成有積極的幫助，對於畢業後的學術研究發展，也有正面的意義。例如，完成研究所高級學位後，如想進一步取得博士學位，必須依賴前輩在學術上的提攜，才能在未來的學術單位就職。研究生彼此的專業協助，可以提供彼此在進修與研究上的各種協助。

三 和學長保持良好關係

㈠了解各種先前經驗

研究生和學長保持聯繫，可以從學長經驗分享中，了解各種重要的先前經驗，透過先前經驗訊息，有助於掌握各種和研究所有關的要件。此外，和畢業的學長保持聯繫，可以了解研究所畢業未來的發展，爲自己取得各種先機。

㈡掌握未來選課要領

研究所的選課需要各種先前經驗爲基準，了解並掌握哪些課程需要先選？哪些課程可以後選？指導教授的徵詢要領何在？等問題。學長的經驗分享，可以提供各種可靠的消息，讓研究生可以依據自己的特性，作最佳的選擇。

㈢了解指導教授選擇

選擇指導教授是研究所求學中，最爲重要的一環。因爲指導教授的選取，影響研究生後續的發展，以及未來學位論文的撰寫進度，更進而影響畢業後的學術發展，以及就業方面的抉擇。透過同門師兄姐的經驗談，有助於了解選擇指導教授後，各種必備的計畫和課題。

㈣進行後續研究聯繫

研究所學位論文的撰寫，依據不同研究主題、焦點、問題和研究方法的運用，需要透過學術界與業界的協助，才能如期完成學位論文。例如運用問卷調查法進行各項議題的資料蒐集，需要實務界

的協助，才能完成預定的進度。如果研究生對業界不熟的話，在問卷的發放上就容易產生困擾。如果有畢業的學長可以提供協助的話，問卷的發放就會比較順利。

㈤學術發展先前準備

研究所階段的重點在於進行基礎性的學術研究，如果後續想要深造的話，學術發展對研究生而言，是相當重要的議題。一般而言，成立比較久的研究所，擁有相當多的畢業生，在該領域學術界與實務界的各階層校友也多。如果研究所的研究生可以和畢業的校友做好各種聯繫工作，可以為自己的學術發展，進行各種先前性的準備工作。

㈥就業市場事前了解

就業的選擇對研究所畢業生而言，具有相當的重要性與吸引力。研究所的研究生，雖然對就業市場具有相當程度的理解，仍需要在學術界與實務界學長提供來自現場的訊息。研究生可以隨時和比較熟悉的學長，作雙向互動與溝通，了解就業市場的訊息，作為自己抉擇的參考。

四　了解認識每一位教授

㈠認識教授的重要性

研究所的教授對研究生的學術發展，具有舉足輕重的地位。因此，在進入研究所就讀之前，最好能認識每一位教授，尤其是教授的學術專長。因為攸關後續研究所課程的選課問題，以及學術專長的定位問題。如果由大學直升該系研究所的研究生，對系所的教授

比較不陌生；校外考上研究所的學生就需要花些時間認識所上的教授。

㈡透過管道認識教授

認識教授的管道相當多，研究生可以選擇比較適合自己個性或專長的方式，例如可以選擇用電子信件，直接用問候信認識教授；或是透過學長姐的推薦認識教授，也可以入學之後透過課程選修方式認識所上的教授。當然，能越早認識教授，對於指導教授的延請，以及學位論文的撰寫，越會有直接的幫助。

㈢了解教授學術專長

研究所教授的專長，攸關研究生後續學位論文撰寫，以及指導教授的延請。如果研究生可以一進入研究所就讀就決定好學位論文的指導教授，可以免除研究生不少的困擾，也可以提早進行學位論文的資料蒐集，以及論文的撰寫工作。此外，一般大學研究所的教授在收研究生時，會受限於該系所的一般性規定。例如，研究所規定教授一年只能收三位以內的研究生，以減少論文指導的負荷。倘若如此，太慢決定指導教授的研究生，必須在專長與現實的情境下，作不得已的決定。

㈣作為指導教授參考

指導教授的延請，攸關研究生後續學位論文撰寫與畢業期限問題。如果可以早一點認識系所內的教授，了解教授的專長與學術研究焦點，研究生可以依據自己的興趣與專長，考慮延請和未來發展契合的指導教授。否則的話，在未來的論文撰寫進度，容易因為指導教授未敲定，而產生延誤的現象。

㈤學術發展參考指標

學術研究與發展，是研究所階段的重點。研究生與指導教授的關係，定位於學術發展與生涯發展的專業關係上。了解認識研究所的教授，對研究生的學術定位與發展，可以產生及早定位之效，減少不必要的徬徨心理。如果研究生在學術發展定位上猶豫不決，可以透過教授的指導啓發，了解自己的興趣和定位。

㈥保持良好互動關係

與教授保持良好的互動關係，對於後續的學術發展與生涯發展，具有決定性的關鍵作用。研究所的教授大部分皆樂於和研究生分享自己的研究心得，也樂於在學術研究上啓迪有興趣的研究生。雖和教授保持良好的互動關係，未必發展成爲專業指導關係，但後續的成長與學習，教授可以提供各種專業上的建議與指導。

掌握研究所各項規定

㈠熟記研究所規定

進入研究所就讀，當務之急在於熟記研究所的各項規定。例如，必須具備哪些條件才能畢業？必修學分要幾學分？選修部分要幾學分？提論文計畫口試的條件爲何？正式論文口試的條件爲何？哪些是正式的規定？哪些是約定俗成的規定？了解研究所的規定之後，研究生必須作各種及早的因應，避免在畢業時因法令不熟而影響學位取得進度。

㈡了解規定的意涵

　　研究所的規範本身，具有相當的專業意義。研究生必須深入了解，並且做成必要的備忘錄，隨時提醒自己哪些是重要的行事曆？哪些是需要提早準備的。例如，部分研究所規定研究生要發表至少二篇，具有外審制度的學術論文，才能提正式論文口試；部分研究所規定研究生畢業前，必須通過英文中級檢定。前開規定需要研究生了解其中的意涵，作及早的準備。

㈢遵守並提早因應

　　研究所的規定，有些是需要長期準備的，例如通過英文中級檢定，研究生必須及早準備，做好各種的因應，否則容易影響畢業期程？發表二篇學術性論文，也需要研究生在平日的選課報告中，結合學術性論文的撰寫，才能提早讓自己符合客觀條件，以利未來準時提出正式學位論文口試。

㈣有計畫性的準備

　　研究所各項規定，研究生應該及早作計畫性的因應，避免畢業前夕發現自己的條件，無法符合畢業要件，進而影響畢業的規劃。如果是博士班研究生，學位論文的完成，恐怕影響進入大學校院或學術單位的規劃。建議研究生在進入研究所就讀時，先掌握該系所的畢業規定，以條列方式作為行事曆，透過計畫性策略循序漸進，完成高級學位以實現理想。

㈤熟悉單位的法令

　　各學術單位的法令（或法規、辦法）的訂定，都有其背景和情境脈絡的考量。研究生應該熟悉單位的法令，作為就讀研究所的主要規準。如果違背單位的法令，對於學術研究發展，恐怕產生負面

的影響。例如，目前碩士學位的完成期限為六年內，如果研究生因為缺乏對法令的了解，超過提學位論文考試的期限，就會被取消資格；博士候選人資格的取得規定為通過學科考試，如果學科考試未通過（一般規定有二次機會），則會被取消博士候選人的資格，一般以退學論。

㈥了解各種約定俗成

研究所除了一般性的規定外，也會有約定俗成的規範，研究生應該了解就讀的研究所有哪些約定俗成的規範，並且配合各種規範，避免不必要的困擾。例如，研究計畫或正式論文口試，提出申請後應該在正式口試前二週，寄給口試委員審查。如果研究生因為時間掌握不好，導致論文寄給口試委員期限過短，可能會有口試委員拒絕出席口試的情形發生。

六　研究所的新人座右銘

㈠避免好大喜功心理

研究所新生應該避免好大喜功的心理，尤其是學術發展優異的後輩，更應該了解「越成熟的稻子，頭垂得越低的態度」。由於研究所的學術發展，各有不同的焦點和軌道，不同領域的研究生應該培養相互尊重的心理。避免因為自己的學術能力強，就貶低他人的努力或有瞧不起他人的心態。

㈡培養良好人際關係

研究所階段應該培養良好的人際關係，透過人際關係的培養對未來的學術發展與職場選擇，有直接的關聯性。在研究所就讀的研

究生，有部分是在職的研究生，有擔任機關首長或職場主管者，如果研究生對於自己的同儕關係，缺乏正向的經營，對於未來的發展是相當不利的。

㈢尊重各種學術倫理

學術倫理規範的遵守，是研究所最為重要的規範。研究所新生在求學階段，應該遵守該系所的學術規範，例如學術研討會的準備，後輩者應該多參與以累積相關的實務經驗。在實際運作過程中，學弟應該向學長請教哪些需要協助處，主動要求參與協助。

㈣多向前輩請教經驗

學術經驗的累積，除了依賴自身的努力之外，也應該透過向前輩請教的途徑，累積更豐富的經驗。缺乏實務經驗的學習，在後續的研究生涯中，容易因為各種因素而影響自身的發展。

㈤培養謙虛客氣心理

研究所階段的同儕，可能因為學術發展與取向的不同，而導致程度差異的現象。如果自己的學術能力比較強，在面對同儕時應該秉持謙虛客氣的心理，不可因此而看輕同儕。例如，統計能力強的研究生，應該尊重偏向質性研究的同儕，在統計方面的程度較弱的現象。

㈥給學長更虔誠尊重

任何人都需要被尊重，尤其是同儕的尊重。研究所新生在學術發展中，應該秉持著尊重學長敬重前輩的心態，給予學長更多的關懷，避免過於驕縱或賣弄的心理。

CHAPTER 3

研究所課程選修與通過

　　研究所的課程結構與大學課程，差異性是相當大的。研究所的課程除了包括專業課程與專門課程外，最主要的課程重點，在於引導研究生學術與學位論文的撰寫。因此，方法論的探討是所有課程的重點。研究生的畢業時間，通常決定在學生自己而非論文指導教授，在研究所的課程選修與論文撰寫方面，依序說明如後：

一 專業課程與專門課程

㈠課程不同比率問題

　　研究所的專門與專業課程，對研究生的學術發展，具有決定性的關鍵。在專業課程與專門課程的比率上，不同的研究所會依據該所的發展與目標，作不同的考量。

㈡系統計畫性選修課

　　在研究所課程的選擇上，研究生應該作系統且計畫性的選修課，在課程的選擇上，結合生涯規劃與學位論文的撰寫。如果研究所課程本身分領域的話，應該和未來的發展，作緊密性的結合。

㈢焦點集中式選修課

在選課的決定上面，研究生可以依據自己的需求特性，作課程選擇上的決定。例如，在職的研究生必須配合服務單位上的時間限制，作選修課程上的因應。全職研究生可以結合自己的研究焦點，做焦點集中式的選課。

㈣結合學位論文撰寫

學位論文的撰寫和選修的課程有相當大的關係，尤其是方法論方面的專業課程。例如，未來進行量化研究的研究生，必須選修初等統計、高等統計、統計資料分析等方面的專業課程；如果未來進行質性研究的研究生，必須考慮選修質性研究、文件分析等專業課程。

㈤強化學術研究能力

學術研究能力的培養端賴研究所專業與專門課程，透過課程的選修有助於強化方法論的基本涵養，研究所的教授均學有專精，對於該領域的理論、研究、發展等相當熟悉，透過課程實施的討論、分析，可加強研究生對學科領域的基礎學術能力。在選修課程中，研究生應該針對自己的專長，以賡續性方式選擇結合未來學術發展的專業課程。

 ## 選修課程與必修課程

㈠專業課程銜接問題

研究所階段專業課程的銜接問題，通常是研究生自己需要留意

的部分，研究生可以和指導教授（或導師）討論，有關專業課程的選修問題。指導教授基於學術論文指導上的專業素養，會提供研究生在選修課程上的建議。

㈡選修必修連結問題

必修課程與選修課程通常是互補關係，在必修課程方面必須透過選修課程補其不足的部分。研究生在必修與選修課程方面的選擇，必須將就本身的條件和需求，但課程彼此間的連結必須作謹慎的考慮。此外，也應該考慮未來學位論文撰寫上的需要，作選課上的考量。

㈢專業課程獲益問題

專業課程的選修，主要在於奠定學術研究的基礎，因而研究生應該結合自己的經驗，以及未來學術發展上的需要。一般專業課程的學習，可以結合未來學術論文發表的課題，為學術研究奠定基礎。例如選修「教學理論專題研究」專業課程，可以延伸至分析探討「臺灣地區教學研究趨勢分析」或是「分析多元文化教學模式的理論與運用」等方面的議題。

㈣課程選修與行動力

課程選修除了蒐集相關文獻之外，評論研究方面的發展外，研究生可以從課程選修中，培養學術研究的行動力。一般的研究所課程，任課教授多半會提供該領域的研究文獻，或是最新發展的資料。研究生可以從課程中所提供的資料，延伸成為自己的學位論文，或是該學術領域的論文撰寫，此即為課程選修的行動力。

㈤建立專業課程檔案

專業課程檔案的建立，可協助研究生將蒐集的文獻資料，作檔

案式的處理，並作爲後續論文發表的參考。檔案資料的建立，可以提供研究生作學術發展的回顧，也可以引導研究生作爲未來發展的依據。

三 平時報告與學術論文

(一)將平時報告轉爲學術論文

研究所的平時報告，是研究生累積學術能力的最好考驗，研究生在研擬或撰寫平時報告時，應該鎖定學術焦點，設法將平時報告轉換爲學術論文，以便累積自己的學術涵養。在撰寫平時報告時，研究生可以和該任課教授請教，研擬比較周詳的綱要，作爲撰寫平時報告的參考，等正式報告完成之後，再敦請教授給予修正意見。

(二)透過報告強化學術能力

平日的作業報告，是考驗研究生學術研究能力的最好機會，透過研究報告的提出可以了解，研究生蒐集資料的用心，以及整理歸納能力的鍛鍊。研究報告是學術發展的基礎，可以培養研究生在學術研究上的基礎能力，並透過學術報告提昇自己的研發能力。

(三)珍惜每一次報告的機會

報告對研究生的學習生涯，是提升自我與歷練的重要機會。不管是課程中的簡單報告，參加各種學術研討會，或是出席國際性的會議等。研究生應該掌握珍惜每一次報告的機會，作爲自我磨練與歷練的機會。增加報告的經驗，以及接受批評的心胸，對於後續的學術發展是相當有益處的。

㈣作為學術論文的前導

研究所的平時報告，雖然被視為簡單的學術研討會，但每一次機會的掌握都有助於後續的發展，從研究生的平時報告，可以看出研究生的學習態度，對學術研究的執著等，同時也可以作為學術論文的前導，因為正式的學位論文需要經過論文計畫發表與正式論文審查的階段。

㈤用心做好每一份報告

研究生的每一份報告，都是未來學術發展的命脈，也是未來學術發展的延伸。因此，研究生必須用心做好每一份報告，尤其是出版性質的報告，更需要虛心謹慎以對。從一個人的學術報告，可以窺見其對學術的執著態度，以及對學術研究的堅持。

四 平時報告與期末報告

㈠從報告中累積實力

一般研究生的學術能力，必須靠持續不斷的平時報告，從報告中累積批判反省能力，因而研究在平時報告與期末報告中，應該鎖定學術焦點作文獻資料的整理分析。從報告中累積實力，為學術發展奠定基礎。

㈡有效運用各種資料

學術資料的蒐集與運用，對從事學術研究的研究生而言，是學術鑽研的第一步驟。對於資料的蒐集和運用，透過學術網路或網際網路、圖書館電子資料庫的搜尋，有助於重要文獻與資料的整理歸

納。

㈢蒐集歸納重要文獻

平時報告與期末報告重點在於重要文獻的蒐集、資料的統整與歸納。因而,在學術報告中,文獻是最為重要的關鍵,對於國內外重要的文獻,研究生必須能有效地掌握,作分類並能歸納分析,形成學術性的報告。

㈣運用前人研究結晶

前人的研究報告,可以提供自己從事報告撰寫的參考,例如文獻撰寫的形式、研究報告應該包括哪些內容、如何在結論與建議間作專業性的連結、前人的研究報告如何轉化成為論證的參考、如何讓自己的報告更具專業、如何提高報告的學術品質等等,都是前人研究結晶的有效運用。

㈤積沙成塔研究精神

研究報告的撰寫並非一朝一夕可成,需要研究生長期地努力,以積沙成塔的方式,將各種小型的報告累積成學術專業報告。因而,在學術報告撰寫上的規劃,需要作各種系統性的規劃,包括一學期要寫幾篇簡單的報告?一學年要發表幾篇文章於期刊中?在畢業前要發表幾篇具有份量的學術報告等,這些都會影響研究生未來報考博士班,以及從事學術研究的基礎。

㈥建立報告專業檔案

研究生專業檔案的建立,內容應該包括基本資料、出席哪些學術研討會、發表哪幾篇文章、參與幾次研討會、撰寫哪些學術報告等,比較理想的檔案內容,應該結合研究所課程的需要,並和個人的生涯發展作緊密的配合。專業檔案的建立,應該採隨時登錄、隨

時更新的方式處理，保持資料最新的狀態。

五 英文資料與中文文獻

㈠英文程度不好怎麼辦

英文程度不好是一般研究生普遍的現象，面對研究所課程必須經常接觸英文的窘境，研究生唯有積極面對才能提升英文程度。其實，專業上的英文用語不像日常生活中的用語，有部分是相當艱深的。專業英文只要常接觸，就可以慢慢地熟練。此外，面對英文文獻學習的負擔，研究生可以透過同儕學習合作方式，進行英文文獻的整理分析工作。

㈡怎樣發表國際性論文

國內知名的研究所，都希望研究生在畢業前可以躍升國際學術舞臺，因而規定研究生必須發表幾篇國際性論文（例如SCI、SSCI、EI、TSSCI等），才具備提出學位論文口試的資格。國際性論文的發表，必須透過研究所教授的協助，才能慢慢了解國際性論文的各種特性，因而加入教授的研究團隊，有助於國際性論文的發表。此外，也可以向有經驗的前輩請教，有關國際性論文的發表方法與程序。

㈢英文文獻資料的閱讀

閱讀英文文獻，對初入研究所的學生而言，是一件相當重的負擔，尤其是人文社會科學性質的研究所，大學畢業生英文普遍不好的情境下，英文文獻的閱讀是相當吃力的。在繁重的研究所課程中，如何有效閱讀英文方面的資料，必須透過同儕學習合作的方

式，以分工合作的形式閱讀英文資料。例如課堂中教授發下來的英文講義，可以用分攤的方式，降低英文講義的閱讀壓力。

㈣解讀文獻重要性要領

在文獻探討的議題上，如何辨別文獻的重要性，並且了解哪些文獻對學術論文有直接的影響，必須靠研究生不斷學習與摸索。一般文獻的重要性，可以透過三種方式，第一看該文獻被引用的次數，引用次數多者表示具有相當的重要性；其次，在文獻理論基礎經常被提及，表示該文獻具有相當的重要性；最後，看該文獻出現時的年代，以及後續的發展。例如張春興教授著《教育心理學》，是國內教育心理學最常被引用的文獻。

㈤如何提升英文的能力

英文能力的提升並非短時間可以完成的，必須研究生持續性地充實自己的英文能力。例如，英文會話能力不佳的研究生，可以考慮多看一些西洋影片，透過影片欣賞培養英文能力；如英文閱讀能力差，可以考慮先閱讀翻譯本，並且將其和原文版作對照，以提昇自己的英文能力。

㈥以合作學習解決問題

研究所同儕的合作學習，是相當重要的學習策略。與其一個人念十本專業書籍，不如十個人各念一本專業書籍，在效能方面比較高。所以，研究生應該在閱讀文獻、選修專業課程上相互合作學習，在學術發展上彼此提攜，避免落單的個人，否則的話，在學術研究過程會感到孤單缺乏奧援。

六　時間管理與學位論文

㈠以時間為本位的學術研究

時間的管理與運用，對研究所的學生而言是相當重要的。在面對課業壓力，以及學位論文撰寫的雙重壓力下，如何以時間為本位的學術研究，成為研究生完成學位的關鍵點。一般研究所碩士學位完成時間為至少二年，博士學位完成時間至少三年。研究生必須了解時間的消逝，代表學位完成的期程。如果無法有效掌握時間，當然畢業日期就遙遙無期。

㈡作積極有效率的時間運用

在時間的規劃運用上，研究生應該具備時間的基本概念，而後才能積極有效率地運用時間，例如一天如果可以寫1000字的學術性文章，一個月下來就會有30000字的產量，以一篇社會科學性質的學位論文，總字數約為150000字，如果以時間換算的話，五個月就能完成學位論文。所以，研究生能否順利畢業？何時畢業等問題，是決定在研究生身上，而非指導教授。

㈢了解學位論文撰寫的期程

如上所述，研究生畢業的時間決定在自己，並非決定在指導教授的手上。如果研究生可以將自己的學位論文撰寫期程，以甘梯圖方式列出來，對於時間的掌握就會相當明確，可以透過時間的管理，了解自己的畢業時間。

✍ 研究進度甘梯圖（林吟靜，2008）

	95年7、8月	95年9、10月	95年11、12月	96年1、2月	96年3、4月	96年5、6月	96年7、8月	96年9月	96年10月	96年11月	96年12月	97年1月	97年2月	97年3、4月	97年5、6月	97年7、8月
確定研究方向	*															
蒐集、閱讀相關文獻	*	*	*	*	*	*	*	*	*							
擬定研究計畫						*										
確定研究工具						*										
選定故事教學教材							*									
設計教學內容、流程							*	*								
實施前測									*							
實驗教學研究										*	*	*	*			
實施後測												*				
資料統計整理													*	*		
撰寫並修改論文														*	*	*
完成論文																*

㈣鎖定研究題目作系統規劃

學位論文的撰寫，在研究題目與焦點的聚焦上，有助於研究生與指導教授進行學位論文的撰寫工作。一般而言，研究生會在碩一下學期結束時，透過與指導教授的專業指導關係，決定未來的學位論文題目與焦點。所以，在有了研究題目與焦點後，就可以預估未來的研究時間，作系統性的規劃以因應後續的學位論文寫作。

㈤蒐集齊全的文獻進行統整

學位論文的撰寫，文獻蒐集是否齊全，攸關研究生撰寫論文的進度。比較理想的作法是在鎖定研究題目與焦點後，透過各種方式將相關文獻資料蒐集齊全，之後再進行論文文獻資料的整理分析與歸納。文獻齊全後，就可以進行學位論文撰寫的文獻探討部分。學位論文中，文獻探討是主要的靈魂所在，缺乏齊全的文獻容易導致研究進行中的紊亂，唯有齊全的文獻才能提供研究生撰寫學位論文的指標。理想的方式，是在文獻蒐集全部齊全之後，再整理分析、歸納、統整，並展開撰寫工作。

七　論文撰寫與論文發表

㈠論文如何投稿的問題

學術論文完成後，重要的是如何投稿的問題。研究生可以從系所圖書館陳列的重要學術雜誌，了解自己的學科重要的雜誌有哪些？此外，也可以請教該學科的教授，請教授作論文的初步指導。一般的研究生在投稿時，應該先挑選比較容易通過審查的雜誌，避免過多的退件造成過度的挫折感，再挑戰比較高難度的期刊。

㈡期刊雜誌的選擇標準

在選擇投稿的期刊雜誌時，研究生應該先了解該雜誌的特性、要求、學術論文徵稿的規範、雜誌的主題需求等問題。在自己尚未成名前，儘量配合期刊雜誌的規格，否則的話，徒增投稿的退稿率。投稿期刊雜誌的選擇，可以先挑選比較容易的雜誌，等自己的學術研究能力逐漸成熟後，在慢慢增列學術性較強的雜誌刊物。

㈢如何提高審查通過率

學術論文的投稿，重點在於如何獲得審查委員青睞，在期刊雜誌中將自己的研究，以文字方式呈現出來。研究生如果想要提高投稿學術報告的通過率，先要了解該期刊雜誌在徵稿方面的需求與規範。例如，該期的徵稿主題爲「多元文化教育」，研究生應該針對多元文化教育的理論與研究，作相關學術研究的鋪陳，才能通過基本的要求。此外，初進學術研究領域的研究生，應該多向系所的教授請益，了解各種學術論文審查的專家觀點，進而將自己撰寫的學術報告，請學有專精的教授作初步的指導，通過率會大幅的提高，因爲大部分的教授本身就是該學術領域的論文審查教授。

㈣如何面對論文被退件

投稿的學術論文如果被退件的話，應該以平常心面對。儘管國際籍的學術大師，幾乎都有學術論文被退件的紀錄。然而，在學術論文被退件的當下，應該深入了解被退件的緣由，如果是屬於雙審查的學術論文，通常會附上審查委員的專業見解，研究生可以從審查意見表中，了解自己的論文有哪些缺失？哪些地方是需要調整的？如果是屬於修正後再審的等級，研究生可以依據審查意見作調整，通常修正後再審的論文，只要依據審查意見修正，被錄取的機會是相當高的。

㈤學術論文在何處發表

學術論文的發表，機會是相當多的。只要研究生勤於撰寫研究報告，國內外有相當多的期刊雜誌，以及學術專欄可以作為發表的舞臺。不過，研究生應該在初期撰寫學術論文時，先了解期刊雜誌徵稿的主題和規範，透過特定主題的資料蒐集，以及學術論文的撰寫，比較容易符合該期刊的初步需求。

㈥優質學術論文的標準

優質的學術論文是具備回顧性的、歸納性的、統整性的、前瞻性的、未來性的。在學術論文的審查標準上，一般都會圍繞在該主題的學術論述，以及理論的應用與啓發。此外，在重要議題的研究發展、模式與趨勢的描繪等，都會是優質學術論文的高標準。因此，研究生在論文主題上，儘量不要用「淺論、初論、淺談、概論」等字眼，最好能將該領域的重要文獻，作學術性的回顧，從文獻探討中延伸創意的理念。

八 課程選修與論文撰寫

㈠從課程選修中撰寫學術論文

研究所的課程選修重點在於培養研究生，基本的學術研究能力。因而，研究生應該從課程選修中，不斷思索學術論文撰寫的題目與焦點，透過任課教授所規範的平時報告或期末報告，可以作為初步撰寫學術論文的基礎。例如，將課程中的平時報告或期末報告，作學術性的延伸，成為學術論文。

㈡從重要文獻中延伸學位論文

　　研究所的課程，教授通常會依據學科性質與自己的專長，蒐集各種資料提供學生，作爲議題討論的參考。如果研究生的選修課程，與自己的未來研究焦點是相互配合的，就可以試著從重要文獻中延伸出自己的學位論文。例如，筆者當年選修教學理論專題研究，從Clark和Peterson（1986）所著「*Teacher thought process*」一書中延伸自己的博士論文「國小教師教學思考之研究」，就是典型的例子。

㈢從課程實施中激發研究興趣

　　如果研究生在進入研究所就讀前，對自己未來的學術發展尚未確定方向，可以從研究所的課程實施中，慢慢釐清自己的興趣主題，爲自己的學術發展尋找定位。透過課程實施與進行，慢慢培養自己的研究興趣。

㈣從方法論課程完成學位論文

　　一般研究所方法論的課程，任課教授會提供該領域方法論最新的文獻，並且舉國內外過去的研究成果，以及未來的研究趨勢。研究生可以從相關的文獻中，參考自己的興趣主題，找出比較適合自己的研究主題和焦點。如果可以在學期進行中，配合自己的學位論文撰寫進度，順利完成學位論文，是比較理想的學習方式。

㈤從文獻回顧中歸納學術論文

　　研究所的文獻，本身具有回顧性與前瞻性，因而對於重要文獻的閱讀，研究生應該多花心思在重要文獻的歸納分析上，透過文獻的回顧與歸納，可以配合學術論文的撰寫，不管是回顧性的、未來性的、批判性的、啓發性的、理論性的延伸與實務性的論證，研究生都可以從文獻中，釐清自己的觀念，產生新穎的思想系統。

CHAPTER 4

研究領域與焦點的選擇

研究領域與焦點的選擇，影響研究生未來的學術發展，因而在研究主題的選擇上，應該慎思熟慮參考前輩的建議。通常研究所在新生座談會上，會請所內的教授和相關人員，作研究所的簡介。研究生可以從新生座談中，深入了解研究所的發展重點、未來的研究領域與焦點的議題，作為後續抉擇的依據。

一　選擇具有特色的題目

㈠如何選擇研究領域焦點

在撰寫學位論文前，研究焦點的選擇，攸關後續論文的價值與學術生命。一般研究生，由於初進學術領域無法在短時間內，做出正確的選擇，或擬出一個具有特色的論文。此時和教授互動並請求指導，對研究領域焦點的選擇，具有相當的影響力。研究所的教授對於研究領域的焦點，以及後續學位論文的撰寫，具有相當專業的判斷力。

㈡如何作研究題目的聚焦

研究題目的聚焦，需要研究生多閱讀領域內的相關文獻，或是

多接觸最新的研究報告，從重要文獻中釐出研究題目，或是從研究報告中啓發新的研究點子。通常重要研究報告的文獻，會很專業地點出該領域的研究發展、研究趨勢，以及後續需要持續進行的研究議題。研究生可以在現有的文獻中，奠定學位論文撰寫的基礎。

㈢哪些研究題目具有特色

學位論文的撰寫與決定，應該秉持「任何問題都值得研究，任何研究都值得進行」的理念，在他人的研究基礎上尋找具有特色的研究題目。研究生在尋找題目時，應該避免「炒冷飯」、「再複製」的現象。具有特色的論文題目，本身具有前瞻性的、綜合性的、啓示性的、回顧性的特性。研究生可以從各類文獻中，啓迪研究題目的靈感。

㈣學位論文題目如何決定

學位論文題目的決定，通常是研究生與指導教授商量而定。研究生與指導教授商談論文題目前，最好的是自己先準備三至五個論文題目，請指導教授提供專業的意見。通常指導教授對學科領域的研究，比較具有前瞻性的觀點，可以隨時提供研究生論文題目的指導。

㈤研究領域與焦點的配合

研究領域與焦點的相互配合，對於學位論文的撰寫比較理想，如果寫一篇跨領域，或是學科整合的論文，在學位論文的撰寫與審查過程中會比較辛苦。例如，社會科學領域的研究生，如果寫一篇數學科領域的論文，在撰寫過程中是相當辛苦的。

二 選擇適合自己的領域

㈠研究領域的選擇原則

研究領域的選擇，研究生必須配合大學四年所學的專業能力，如非必要，儘量不要改變自己的學習領域，否則的話就需要花相當的時間在領域的學習上。忠於原味並結合自己的興趣，對於研究領域的抉擇是相當正面的。例如，從輔導領域轉向課程與教學領域，就需要花相當的時間在課程與教學文獻方面的了解，容易因為時間的浪費，而影響學位論文的撰寫和後續的發展。

㈡跨領域的考慮與因應

在研究領域方面的考慮，研究生應該儘量作跨領域的考慮，否則容易失焦並且影響學術方面的發展。如果一定要作跨領域選擇的話，也應該以主修的領域為重，副修的領域為輔。在學位論文題目和領域的考慮上，研究生儘量依據自己的專長，作學術領域的定位。

㈢在多元與精緻間決定

研究生的學術發展，初期會面臨多元與精緻上的兩難處境。在初入研究領域中，建議應該採多元的發展方式，只要與領域有關的主題，都應該花時間關心，避免在研究焦點上過於集中，導致視野過於狹隘的窘境。研究生在學術發展上，應該以多元的視野、多元的觀點融入學術研究。

㈣學術領域與研究領域

研究生的學術領域與研究領域，通常是相輔相成的。在學術領域定位上，也應該同時顧及研究領域上的需要。在學術領域與研究領域定位上，研究生應該多向所內教授與指導教授請教，跟隨教授進行學術研究方面的學習。

㈤如何累積領域的實力

領域實力的累積並非三、五天可成，也非短時間可以促成的。必須平日養成關心文獻的習慣，對於學術發展與研究，多花心思在研究上。對於和自己的學術有關的議題，應該隨時蒐集並作心得方面的撰寫。尤其是學術論文的撰寫，有助於能力的快速提升。

 ## 三 研究興趣與學位論文

㈠研究興趣抉擇問題

研究興趣與學位論文是否能契合，是一般研究生最在乎的議題。從現實面而言，真正能將就興趣並撰寫學位論文的比率不高，因為學位論文的撰寫還需將就各種內外在因素，包括指導教授的意見、研究生本身的問題、外在的影響因素等。除非一開始就能將研究問題明確化，才能真正將興趣與論文作結合。

㈡將研究與興趣結合

研究生在面臨學位論文的確認前，應該先思考這個研究主軸，自己是否有興趣，能不能有信心在期限內完成，會不會中途而廢。如果可以結合自己的興趣，在面對問題時就願意透過各種毅力，將

問題解決。如果對自己的研究問題，缺乏興趣的話，遇到問題或困難就不願意面對。同時，也會導致無法如期完成學位的各項後遺症。

㈢學位論文定位問題

研究生在進行學位論文撰寫初期，單純地想要如期完成學位，比較不會顧及論文定位的問題，這是一般研究生的共同心態。但如果在考慮論文撰寫的過程中，可以將學位論文作定位，則比較理想且實際。例如，對教學研究有興趣的研究生，如果寫課程方面的論文，則有如隔靴搔癢，無法作更深入的探討。

㈣學位論文如何決定

學位論文的決定，有幾種方式可以考慮。例如，1.研究生從入學考試計畫中決定論文題目；2.從必修或選修課程中決定題目；3.從過去的研究中決定題目；4.和指導教授面談決定題目；5.和學長分享中決定題目。不過，最後仍要尊重指導教授的意見，因為指導教授擁有「絕對的否決權」。任何教授都不愛指導超乎自身專長的論文，以免造成各種後遺症。

㈤有效結合專業能力

學位論文的撰寫，絕不只是要將就畢業的壓力，而是自己未來學術發展的重要墊腳石，具有投石問路指標作用。因此，學位論文的撰寫，研究生必須謹慎用心，避免有出錯的機會而影響未來的學術發展。例如，論文內容觀點錯誤百出、引用錯誤、資料分析缺乏證據、統計資料解讀錯誤等，都會影響未來的學術發展。

在現實與理想作抉擇

㈠理想與現實的矛盾問題

理想與現實間的差距，需要研究生持續地努力，才能面對理想與現實間的矛盾問題。然而，當研究生的理想與現實問題，必須在二者之間作抉擇時，必須以比較理想的方式面對。例如，一個想要二年就完成碩士學位的研究生，在面對學位論文抉擇時，勢必要將就比較簡單或容易完成的研究方法。

㈡理想與現實無法得兼時

當理想與現實無法得兼時，研究生必須以高度的智慧加以因應。例如，兼職的研究生本身有工作上的壓力，也需要面對研究所課業壓力時，就需要以更高的智慧因應。兼職的研究生除了要應付研究所課業壓力，也要顧及本身工作上的負擔，在必要時可以考慮以本身工作為主，研究所的課業為輔，達成兩全其美的理想。

㈢理想與現實間如何平衡

當理想與現實間，必須作二分法的抉擇時，研究生需要作謹慎的衡量。當然，秉持「兩害相權取其輕；兩利相權取其重」是最佳的策略。當研究生面對理想與現實時，應該作利弊得失的分析，從研究方法論課程所學的分析法，運用在現實與理想的平衡。

㈣如何在現實與理想抉擇

要在現實與理想間作一個睿智的抉擇，是一件相當難的事。研究生在理想與現實間抉擇，當然要以自己的最大利益為出發點，並

且配合目前的利益。例如，在職學生在學術發展上，可能因為自己的工作單位壓力，無法像一般全職學生可以全心投入。

㈤奠基於現實的理想問題

理想的模式是理想的達成，奠基於現實的考量上。在面對理想與現實的矛盾時，研究生應該先以現實條件為出發點，作動態上的修正以符合理想。如果忽略現實而選擇的理想，恐怕導致各種負面的後遺症。例如，筆者當年碩士班同學，部分因為考上研究所而將小學的任職工作辭去，導致畢業後的失業窘境。

五 如何為自己學術聚焦

㈠學術發展的必要性

學術發展是研究生未來發展的重點，透過學術探究方法論的應用，可以強化本身對學術理論應用與研究所得相互連結，唯有透過學術發展，才能強化自身的學術能力。

㈡學術聚焦的重要性

儘管研究所階段的課程，可能先採廣博後採聚焦方式，研究生仍應該思索自己未來要走的路，未來學術聚焦問題。透過學術發展的聚焦，可以讓研究生在學術領域中提早定位，發展屬於自己的特色。

㈢發展學術的理想性

學術發展有其理想性，也有其現實性。在學術發展的理想性上，研究生可以參考他人的經驗，了解過去的前輩如何在學術發展

上努力，如何在學術定位上充實自己的能力，如何在學術理想性上奠定自己的地位。

㈣在學術軌道找定位

學術的發展應該「自己的軌道，自己跑」，要在學術專長領域中，為自己的學術找定位，建立屬於自己的特色，對於未來的發展才能更趨於精緻。例如，國內論及課程與教學有所謂的「三黃」，論及精緻教育會聯想到當年提出「精緻教育」的某教授。這些都是學術軌道定位相當好的典範。

㈤強化學術研究能力

學術研究能力的強化，必須配合學科領域和學術專長。如果在屬於自己的領域，可以長期性地耕耘累積實力，對學術研究能力的強化是正面的。學術能力的強化並非朝夕可及，需要研究生針對自己的專長與興趣，作長期性的投入和努力。

六　在選定學術焦點之後

㈠持續性的努力

持續性的努力，是每一位從事學術研究應該奉為圭臬的。很多的學術研究，需要的是積極的投入，努力不懈的精神，以及日夜匪懈的態度。唯有透過持續性的努力，才能在學術研究與專業界，建立屬於自己的特色。

㈡長期性的耕耘

學術研究工作需要長期性的耕耘，並非短時間可以達成，或是

僥倖垂手可得。尤其是針對某一特定的研究主題，需要長期性的投入，才能奠定各種學術研究的基礎。

㈢ **系統性的探究**

學術研究如果要達到理想，就需要擁有系統性的探究，結合各類研究人員的結晶，融合各研究族群的經驗和研究所得，慢慢累積出系統的研究成果。研究生應該在平日就針對自己有興趣的主題，作各種系統研究的規劃。如同寫一本教科書一樣，應該將各單元主題確定，透過主題蒐集各種相關重要的資料，以日積月累的方式進行探究。

㈣ **縱貫式的研究**

縱貫式的研究需要是時間和精神的投入，和一般橫斷式的研究差異性是相當大的。在決定學術研究焦點之後，研究生可以考慮針對特定主題，作各種縱貫式的研究。例如，美國的「八年的研究」，皮亞傑認知發展理論的建立，都是透過縱貫式的研究方式，長期性的觀察而建立有口皆碑的重大理論。

㈤ **計畫性的鑽研**

學術研究以計畫式的方式進行特定主題的研究，才能建立綿密嚴謹的理論基礎，並整合相關的理論與方法，運用策略與模式，有效結合研究與實務的落差。唯有將學術發展作計畫性，以各種具體的策略達成計畫目標，未來的學術發展才能具體落實。

CHAPTER 5

研究生與指導教授關係

研究生和指導教授的關係是相當密切的，不僅是課業方面的指導，學位論文撰寫的掌舵者，同時也是未來學術發展的關鍵者。一般俗稱「師父」的指導教授，對研究生的未來發展是相當重要的。在決定指導教授時，研究生應該依據自身的興趣、生涯發展、學術發展等，作比較明智的決定。

一 指導教授有哪些類型

㈠學術型的教授

此類型的教授除了一般的教學工作外，重點幾乎擺在學術研究上，同時在國內該領域的學術界，享有盛名並掌握相當的權力。如果挑選學術型的指導教授，對自己的學術發展是很有幫助的，但所要花費的時間和精力相對的也高。

㈡實務型的教授

此類型的教授通常來自產業界或行政界，對於實務上的經驗是相當豐富的。請實務型的教授指導論文，對於理論與實務的結合，具有相當程度的幫助，研究生可以從實務型的教授身上，學到相當

多理論與實務方面的知能，對於後續完成學位進入職場也有幫助。

㈢ 政治型的教授

偏向政治型的教授是屬於學官兩棲型的教授，在學術界與政治界皆得意，如果找此類型的教授指導，優點是畢業後的就業比一般研究生機會多，缺點在於論文撰寫過程，研究生必須獨立性強且自行面對寫論文困境的機會也大。因為政治型的教授，通常是很忙碌的，時間的運用是很有限的。

㈣ 執著型的教授

執著型的教授對於學術研究相當專業，不管是研究主題的擬定、研究問題與研究方法的採用、研究結果的分析與討論等，皆鉅細靡遺地一一篩檢。因而，在接受指導的過程中，是相當辛苦的，但出錯的機率比較低。

㈤ 教學型的教授

教學型的教授在大學的發展，偏向以教學為主的型態。此類型的教授學術重點在於教學工作上，本身的教學負擔大於研究工作。請此類型的教授指導論文，優缺點介於學術型與實務型間，在論文指導進行中教授可以提供相當多來自教學實務的經驗，也可以提醒研究生在理論基礎探討中，亦應該著重實務層面的問題。

二 適合自己的指導教授

㈠ 放牛吃草型教授

放牛吃草型的教授，因為個人因素相當忙碌，或是指導研究生

採獨立作戰型，研究生必須不斷採取「緊迫盯人」的方式，尋求指導教授專業指導，否則的話，彼此是「到老不相見」型態的關係。遇到此類型的教授，研究生應該隨時和教授聯繫，以計畫性接受指導方式，才能如期完成學位論文。

(二)緊迫盯人型教授

此類型的教授在指導研究生時，採取相當嚴謹的態度，無法容許自己指導的論文，壞了學術上的招牌，因而採取的方式是以緊迫盯人型態。因此，研究生要適應此類型教授的指導風格，將撰寫論文進度作系統性的計畫。如果個性屬於比較鬆散的研究生，在選擇指導教授時應該考慮清楚。

(三)系統指導型教授

具有多年指導研究生經驗的教授，會在指導研究生上訂定各種不成文的規則，例如 1.要求簽訂指導同意函前，要先提出簡單的論文計畫；2.每年只指導三位研究生；3.接受教授指導的學生，碩士論文需要三年才准予畢業等。在指導學生過程中，採取系統性、步驟性的指導方式，學生必須遵守系統指導的方式和規則。

(四)性別差異型教授

此方面的差異是研究生口耳相傳，但並非事實的分類，事實的分類，性別差異指的是部分教授會因為自身的性別，在收研究生時有性別上的考慮。例如女教授偏向收女性學生、男教授會對女研究生比較好等方面的刻板印象，當然也有少數男教授不收女研究生的內規。

(五)嘮嘮叨叨型教授

教授在指導學生過程中，對於學生的一言一行一舉一動，都提

出相當嚴謹的要求，此類型的教授就屬於嘮嘮叨叨型。如果無意中請此類型的指導教授，對研究生的幫助是相當多元的，對各方面的成長有積極的幫助，當然也會令人感到厭煩。

三　研究生與指導教授的關係

㈠什麼時候找指導教授

研究生最想要了解的問題，是進入研究所之後尋找指導教授的時間，比較理想的時間點是碩一就將指導教授定案，以利後續選修課程與學術論文撰寫的指導。一開始即決定指導教授，可以讓自己的研究領域明確化，隨時進行各種學習與研究方面的訓練，有任何問題可以請指導教授指導。如果到碩二才找指導教授的話，研究生容易花過多時間在嘗試錯誤上，甚至走太多冤枉路。

㈡演員與導演共生關係

研究生與指導教授的關係，如同演員與導演之間的關係，演員需要扮演哪一種角色？站在哪一個舞臺？如何將自己的角色扮演好，都需要導演從中指導。找指導教授要從系上的教授開始找，除非系上沒有適合或該專長的教授，才考慮跨系所的指導教授。熟記「好的指導教授帶你上天堂，不好的教授帶你進套房」的準則，再配合學長姐的推薦。

㈢當教授助理要作哪些

研究生擔任教授的助理，指的是學術研究或專案研究的助理，一般的助理所要從事的工作範圍，應該和該專案有關係的工作，例如監控研究計畫的進行、蒐集相關文獻資料、蒐集數字資料、問卷

調查、訪談與採訪、資料整理、發開會通知、各項經費結報等。如果教授指定的工作，超過助理工作範圍，則要考慮是屬於「友情贊助」或是「廉價勞工」性質。例如，教授請助理協助繳交行動電話費，並非專案工作規範內容，研究生可以考慮是否友情贊助。因為，過於計較的話，對自己的人際關係是沒有好處的。

㈣學術功勞究竟屬於誰

研究生與指導教授的互動關係中，包括學術論文的撰寫與發表。教授要求研究生協助蒐集資料，或是作實驗工作蒐集數字資料，後來成為學術論文報告，並在重要期刊雜誌或學術論文研討會中發表，依據論文規範應該在適當處註記每個人的功勞或努力之處。比較負責的教授，應該將功勞和擔任工作的學生彼此分享，當然也有少數教授認為助理在學術論文方面的貢獻小，而忽略掛名與否的問題。此議題的討論，在學術界是相當模糊的。

㈤指導教授與研究生互動準則

指導教授與研究生的互動準則，一般的公私立大學都會依據學校的性質，擬定各種「論文指導教授與研究生互動準則」供參考（請參閱附件國立臺灣大學論文指導教授與研究生互動準則）。研究生可以在找指導教授前，先深入了解互動準則的內涵。當然，對部分教授而言，互動準則僅供參考，教授對學生的要求以及學生對教授的規範，需要作到哪些程度，很多時候是二者自由心證的結果。例如，和指導教授感情好的研究生，可以為教授作各種額外的工作，而不會感到被視為「廉價勞工」。

四 學術研究與廉價勞工問題

㈠學術研究的附加工作

從事學術研究的人，都應該了解學術研究，不僅僅是針對理論與研究，作更深入的探討而已。在進行學術研究前，應該先有經費的挹注，所以計畫的撰寫就變得很重要；有了經費的挹注之後，就需要作經費的管控與核銷問題；計畫核定之後，文獻資料的閱讀與蒐集，就需要從各種管道蒐集資料，所以上圖書館蒐集資料相形重要；因為各學術界菁英的智囊很重要，所以就需要召開學術會議，因而發開會通知、借開會場地、準備茶水、準備便當等就需要助理協助。以上所述，只是學術研究的附加工作之少部分，提供讓研究生參考。

㈡學術研究的前置作業

學術研究工作的進行，必然涉及相當繁複的前置作業，這些是研究生比較無法想像的問題，也因而容易導致研究生將學術研究的前置作業，歸類為廉價勞工的範疇。研究所階段除了磨練研究與思考能力，也應該了解學術研究進行的流程，在了解學術研究進行的流程後，有關學術研究進行的前置作業，就可以熟練上手。

㈢學術研究與廉價勞工區隔問題

學術研究與廉價勞工差別，是一種認知差距上的問題。研究生通常容易將各種學術研究附加的工作，歸類為替教授作各種廉價勞工。比較理想的方式是婉轉地將工作範圍和內容講清楚，或是有不方便幫教授處理的事情，應該私下講清楚，或是在擔任研究助理

前，向教授請教工作範圍以及應該注意事項。

㈣從學術研究中學到什麼能力

擔任教授的研究助理，是一個相當好的學習機會。筆者當年在研究所階段，擔任過教授的國科會專案助理、大學研究助理，在擔任助理期間學會研究計畫的撰寫、研究文獻的蒐集、研究報告的撰寫、經費的請購與核銷等工作，直至今日記憶猶新，且對於後續的專案研究計畫進行，有相當正面的幫助。

五　如果和指導教授理念不合

㈠指導教授的更換問題

在選擇指導教授前，應該作謹慎的考慮，避免日後因為各種因素而更換指導教授，因為更換指導教授的後遺症是相當大的，不僅涉及原指導教授的面子問題，也影響想要更換的教授與原來指導教授的互動關係。因此，研究所的學長都會千叮嚀萬交待不可以隨便更換指導教授。因為，更換指導教授之後，會影響學位論文進行的進度，最嚴重者可能要換題目，還會影響畢業時程。後續要付出的代價，是相當高的。

㈡當雙方理念不合問題

研究生的第二個禁忌，在於自己想法和指導教授不同時，究竟要堅持己見，或是要聽指導教授的指導。說穿了，如果雙方撕破臉的話，對於自己的學術發展與學位論文的撰寫，會產生負面的影響。研究生初入學術研究殿堂，應該秉持謙虛客氣學習的態度，不應因為自己對事情的看法有新穎的理想，就和學術中人產生嫌隙。

資深學長經常教訓學弟「低頭並不代表犯錯，妥協並非意味示弱」
的想法。

㈢婉轉解決問題的策略

如果研究生和指導教授，因為來自學術研究上的想法和理想，
有了認知上的差距，應該以婉轉的方式作為解決雙方認知差距的策
略。哪怕教授本身的想法是有問題的，研究生儘量禮讓教師，避免
將場面弄得太尷尬。

㈣說服教授接受自己意見

意見紛歧的溝通方式，儘量以低調婉轉的方式，例如，將最新
的資料私下寄給教授參考，或是將自己的想法提出和教授討論，了
解教授的想法並請求指導。在學術研究點上，難免會產生堅持己見
的現象，此為「文人相輕，自古皆然」的現象。如果短時間的溝通
無法達成預期的效果，那麼就相信時間可以解決很多問題。

㈤避免雙方僵在牛角尖上

研究生如果和教授僵在牛角尖上，對自己的學術發展、學位論
文的撰寫，都沒有正面的幫助，反而成為重要的阻礙。例如，過去
就有研究生因為和教授的觀點不同，憤而離開校園中斷研究所的課
程，最後受到傷害的還是研究生自己。

六 雙指導教授所面臨的問題

㈠何種情況下需要雙指導教授

通常需要雙指導教授的是博士班的研究生，碩士班研究生非必

要儘量不要考慮雙指導教授，因為雙指導教授將面臨各種問題，包括雙方意見不同時如何處理？和指導教授面談時是要分開或是合在一起？當甲方尊重乙方、乙方又表示以甲方意見為主時，研究生該如何以對等等問題。博士班研究生需要雙指導教授，原因在於透過雙指導教授可以彌補研究上的不足，如果研究生的論文題目涉及跨領域的話，就需要透過雙指導教授給予專業的諮詢輔導。

(二)雙指導教授所帶來的效益

雙指導教授有時候會涉及校內和校外協同指導問題，正面而言，兩位指導教授的學術聲望與資源，可以透過指導而互享互通。研究生未來的學術發展，可以透過雙指導教授雙管齊下，收到更豐富的效果。如果論文屬於統整性題目，也可以收到兩位專家指導的成效。

(三)雙指導教授面臨的問題

雙指導教授所要面臨的問題，包括舟車勞頓奔波問題（如果涉及校外指導），雙方意見紛歧時，或是領域不同所持的觀點不同等。這些都是研究生需要面對的問題，以一位初入學術研究領域的碩士班研究生，比較無法處理因應雙指導教授問題。

(四)如何與雙指導教授相處

通常雙指導教授的延請，一定有主要指導教授與次要指導教授。而且，雙方在學術或私交上，一定是相當密切的（例如學長學弟關係、師生關係、學術同儕關係）。所以研究生在延請次要指導教授時，可以從主要指導教授身上，了解如何延請次要指導教授的問題。

㈤當雙方意見紛歧時

一般而言，雙指導教授意見產生分歧的情形，出現的機率是相當低的。研究生在面對雙指導教授時，儘量採取同時meeting的方式，避免個別性的指導，如果會談中有意見不一或分歧的現象，可以現場就處理並建立共識。

國立臺灣大學論文指導教授與研究生互動準則

本校91年3月28日91校教字第006819號函

第一條　為規範論文指導教授與研究生之互動關係，訂定本準則。

第二條　研究生應於系（所）規定之期限內，選定學位論文指導教授（以下簡稱指導教授），並持指導教授之書面同意書，向系（所）辦公室登記。

第三條　研究生中途欲更換指導教授或指導教授因生病、辭職或出國無法再繼續指導時，需準備以下兩種書面文件提經系（所）主任（所長）核備，若無違反系（所）相關規定，於十日後自動生效。

㈠研究生之聲明書。聲明「在未得原指導教授之書面同意時，不以與原指導教授指導之研究計畫成果，當作學位論文之主體」。此聲明書需正本兩份，一份給原指導教授，一份留系（所）辦公室，聲明書於系（所）主任核備後一週內送達原指導教授。

㈡新的指導教授之書面同意書。研究生若因指導教授過世而更換教授時，免繳第一項所規定之聲明書。

第四條　更換指導教授之研究生舉辦學位論文口試十天前應將一份論文稿送原指導教授親自簽收。如發生對聲明書相關

之爭議，原指導教授應於口試五天前向系（所）方提出申訴，提出申訴後，口試暫停；由系（所）務會議於一個月內裁決之。

第五條　在合於規定之情況下，研究生若有兩位以上指導教授，則前述第二條至第四條所述之「指導教授」應包括所有指導教授。

第六條　指導教授因故主動提出終止指導關係時，應以書面向系（所）報備，系（所）應通知研究生依第三條之規定申請更換指導教授，研究生得請求系（所）方進行了解以確保其權益。

第七條　研究生已達修業年限最後一學期（博士班學生第十四學期，碩士班學生第八學期）且符合該系所研究生申請口試資格，仍無法獲得指導教授同意進行學位論文口試，可向系（所）方提出申訴。

　　　　研究生提出申訴後，系（所）應依自訂之程序處理，並於一個月內將處理結果書面通知申訴之研究生。

第八條　研究生未依本準則規定而逕自更換指導教授時，其學位考試成績不予承認。

第九條　本準則經教務會議通過後實施，修正時亦同。

學位論文的格式與撰寫

學位論文與學術論文的撰寫，國內外有固定的格式，以力求論文在撰寫形式上的一致。研究生在撰寫學位論文時，應該先將論文格式熟記，並且遵守學術論文的規範，避免因為引用錯誤或是格式錯誤，而導致降低論文品質或論文不佳的批評。

一 學位論文的章節名稱

一般而言，學位論文的章節包括五個重要部分，依序為第一章緒論、第二章文獻探討、第三章研究方法與步驟、第四章研究結果與討論、第五章結論與建議。有關論文章節名稱，說明臚列如下：

㈠第一章的內文名稱

第一章的重點在於提出研究的重要性、研究目的、問題與相關的議題，通常第一章在內文方面，包括第一節研究動機與重要性、第二節研究目的與研究問題、第三節研究範圍與限制、第四節名詞釋義、第五節研究方法論等。

㈡第二章的內文名稱

第二章重點在於文獻探討，文獻探討的範圍包括研究過程中所

涉及的重要理論基礎、重要概念的意義、內涵、層面、評鑑等以及國內外的重要研究回顧。第二章在內文方面，包括第一節理論基礎；第二節意義、性質、內涵、原理原則、層面；第三節相關研究；第四節其他。

(三)第三章的內文名稱

第三章的重點在於說明本研究的研究方法與研究流程，內容包括研究樣本、對象、研究方法與研究工具、研究倫理、研究資料處理與分析等。在第三章內文方面，包括第一節研究架構；第二節研究對象；第三節研究方法與工具；第四節研究者的背景與角色（質或個案研究）；第五節研究現場（質的研究或個案研究）；第六節研究工具與信效度；第七節資料處理（統計分析）；第八節研究倫理。

(四)第四章的內文名稱

第四章的主要內容在於研究結果分析與討論，分析指的是現況或現狀，討論指的是現況背後所代表的意義。第四章的內文方面，包括第一節研究結果分析與討論(一)；第二節研究結果分析與討論(二)；第三節研究結果分析與討論(三)；第四節綜合分析與討論。

(五)第五章的內文名稱

第五章的主要內容在於研究結論與建議，透過研究結論與建議的呈現，彰顯研究者的功力與在學術上的貢獻。第五章的內容包括第一節研究結論；第二節研究建議（包括研究建議與進一步研究建議）。

二　APA格式的規範

　　APA是一般學術中人最常提及的專有名詞，指的是論文中文獻引用書寫格式為求統一，必須以美國心理學會（American Psychological Association, APA）出版手冊之格式為準。因此，APA格式是世界公認的學術論文撰寫格式。將APA格式轉換成中文，在運用上難免會有一些出入。研究生在運用APA格式撰寫學位論文時，應該參考國內學術界出版的相關APA格式著作，或是學術界公認的規範，或是約定俗成的規範，才能符合學術論文規範。

㈠APA格式的原則

　　APA是舉世公認的學術規範，研究生必須熟記APA格式的運用，因為這些規範是學術論文的基本資格。有關APA格式運用在中文的原則說明如下（中國民國體育學會期刊編輯部，2007）：

1. 內文及文末之引用文獻，所有的出版年均以西元年代表達，以求統一。
2. 中文作者均以全名來書寫，不像英文作者只使用姓而不使用名。
3. 文末引用文獻中之中文姓名和（出版年）之間不再有句點（。），以增加順暢性。
4. 文末引用文獻之書名及期刊均以斜體字表達，不使用劃底線的方式。
5. 中文文獻使用中式（全形）標點符號，英文文獻使用西式（半形）標點符號。
6. 在西式（半形）標點符號後需空一格（space）後才繼續文字的書寫。

7. 翻譯書籍因內容是以中文呈現，故書寫格式與APA格式有較大的調整。

8. 如果APA格式內容與中文的對照有差異，仍應以APA出版的手冊爲準。

㈡內文引註格式

1 單一作者時

格式：作者（出版年）、（作者，出版年）

範例：林進材（2008）、（林進材，2008）

Apple（2008）、（Apple, 2008）

2 兩位作者時

格式：甲作者與乙作者（出版年）、（甲作者、乙作者，出版年）

範例：林進材與黃光雄（2008）、（林進材、黃光雄，2008）

Peterson與Clark（1996）、（Peterson & Clark, 1996）

3 三至五位作者時

第一次引用時：

格式：甲作者、乙作者、丙作者、丁作者與戊作者（出版年）

（甲作者、乙作者、丙作者、丁作者、戊作者，出版年）

範例：林進材、蔡啓達、蕭英勵、敬世龍與劉峰銘（2008）

（林進材、蔡啓達、蕭英勵、敬世龍、劉峰銘，2008）

Hermany, Kulivh, 與Trends（2008）

（Hermany, Kulivh, & Trends, 2008)

第二次引用於同一段落時，僅寫出第一位作者加上等字，但不

加出版年代。

格式：甲作者等

範例：林進材等、Hermany等

再次引用於不同段落時，僅寫出第一位作者加上等字，並加上出版年代。

格式：甲作者等（出版年）

範例：林進材等（2008）

　　　（林進材等，2008）

　　　Hermany等（2008）

　　　（Hermany等，2008）

4 六位或六位以上作者：僅寫出第一位作者加上等字

格式：甲作者等（出版年）、（甲作者等，出版年）

範例：林進材等（2008）、（林進材等，2008）

　　　Hermany等（2008）、（Hermany等，2008）

5 同姓也同年代之作者

同姓但不同名（不同作者）：以名字的首字加以區分

範例：Clen, L.H.(2008)

　　　Clen, S.L.(2008)

同姓也同名（即同一作者）：在出版年後加上a、b、c以示區別。

範例：林進材（2008a）、林進材（2008b）

　　　Smith(2008a)

　　　Smith(2008b)

6 機構或團體作者的寫法

第一次引用時：

格式：機構全名（機構簡稱）（出版年）、（機構全名（機構簡稱），出版年）

範例：行政院國家科學委員會（國科會）（2008）

（行政院國家科學委員會（國科會），2008）

American Psychological Association(APA), (2008)

(American Psychological Association(APA), 2008)

第二次引用時：

格式：機構簡稱（出版年）、（機構簡稱，出版年）

範例：國科會（2008）、（國科會，2008）

APA(2008)、(APA, 2008)

7 學校名稱為作者時

格式：（學校全名，出版年）

範例：（國立臺南大學，2008）

(University of Harvard,2008)

8 同時引註兩個以上之文獻

同作者但不同著作：依出版年代由近而遠排列，以逗號分開。

範例：林進材（2005，2006，2007，2008）

Jack(1996a,1997b, 2008)

不同作者：依據作者姓氏字母（從A到Z）或筆畫順序（由多到少）依序排列分開

格式：（乙作者，年代；甲作者，年代）

（A作者，年代；B作者，年代；C作者，年代）

範例：（林進材，2008；蔡啓達，2007；蕭英勵，2006）

(Admis, 2003; Books & Fleus, 1996; Smith等，2008)

9 引註文獻中特殊的章節：在出版年後加頁碼或章別。

格式：（作者，出版年，頁數）或（作者，出版年，章節）

範例：（林進材，2008，頁8）

（林進材，2008，第2章）

(Clark & Petersom, 2008，頁26)

(Clark & Petersom, 2008，第5章)

㈢文末引用文獻格式

1 期刊部分

格式：作者（出版年）。文章名稱。期刊名稱，卷（期），頁碼。

範例：林進材（2008）。教師教學效能的研究與應用。教育研究，228期，頁21-32。

Emmer, E.T., Eevertson, C.M., & Anderson, L.M.(1980). Effective classroom management at beginning of the school year.The Elementary School Journal 80(5), 21-29.

2 一般專書

格式：作者（出版年）。書名。出版地：出版者。

作者（出版年）書名（幾版）出版城市州別簡稱：出版者。

範例：林進材（2008）。寫一篇精彩的學位論文。臺北：五南。

Goldstein, A.P., Glick, B., Irwin, M.J., Pask-McCatney, & Rubama, I.(1989). Reducing delinquency: Intevention in the community. New York: Pergamon Press.

附註：英文書名第一個字及專有名詞之第一個字母大寫，其餘均使用小寫。

3 編輯的書籍

格式：作者（出版年）。篇或章名。載於○○○（主編），書名（頁碼）。出版地：出版者。

範例：蔡啟達（2008）。教育評鑑的基本概念。載於林進材（主編），教學評鑑理論與實施（頁1～25）。臺北：五南。

Clark, C.M., & Yinger, R.J.(1986). Teacher planning. In Berliner, D.C., & Rosenshine, B.V.(Eds). **Talks to teacher**(P56~85). New York:Random House.

註記：主編英文名字縮字放在姓的前面，和作者的寫法不同。英文主編只有一位時用（Ed.），二位及更多位時用（Eds.）。

4 機構或團體為作者之書籍

⑴機關和出版者不同時

格式：作者機構全名（出版年）。書名。出版地：出版者。

範例：國立臺南大學實習輔導處（2008）。九年一貫課程理論與實務。臺南：供學出版社。

Australian Sports Medicine Federation(1986). **The sports trainer: Care and prevention of sporting injuries**. Milton, Queensland: The Jacaranda Press.

⑵機構也是出版者時：以作者二字取代出版者。

格式：作者機構全名（出版年）。書名。出版地：作者。

範例：教育部國教司（2008）。精進教師課堂教學能力理論與策略。臺北市：作者。

American Psychological Association(2002). **Publication manual of The American Psychological Association** (5th ed.). Washington, DC:Author.

5 翻譯書籍

格式：翻譯者（譯）（譯本出版年代）。譯本書名。譯本出版地：出版者。（原作者，原著出版年）

範例：林進材譯（2008）。教師教學思考之研究。臺北：五南。（Clark,D.C., & Peterson,B.M.,1986）

6 學術研討會資料

⑴會議資料或報告書：如果僅以摘要出現，則需在論文名稱後加註（摘要）或（Abstract）字樣。

格式：作者（出版年）。論文名稱。會議報告書名（頁碼）。出版地：出版者。

範例：林進材（2006）。臺灣地區教學研究發展趨勢。第十屆課程與教學國際學術研討會（頁1～50）。臺北：課程與教學學會。

Reaburm, P., & Coutts, A.(2000). The joys of field research: The Simpson Desert cycle challenge experience(Abstract). Books of Abstracts(p.315). Brisbance, Australia:2000 Pre-Olypic Congress.

⑵海報發表：資料如果以摘要方式發表，則需在論文名稱後加註（摘要）或或（Abstract）字樣。

格式：作者（出版年，月）。論文名稱（摘要）。會議名稱及發表方式，會議城市。

範例：林進材（2008，10月）。臺灣地區國中升學壓力之
　　　研究。中華民國課程與教學第十屆學術論文發
　　　表會海報發表，臺北市。

Wragg,C.M.(1995,June).Classroom management:The
perspectives of teachers,pupils,and Researchers.
presented at the annual meeting of the American
Educational Research Association.

7 電子媒體資料

(1)光碟資料庫摘要

格式：Author. (Year). *Title [Abstract]*. Retrieved from [source]
database ([name of database], CD-ROM, [release
date], [item no. -if applicable])

林進材（2008）。教學效能研究發展模式之研究
（摘要）。**臺南大學學報**，6，93-144。檢索
自中華民國期刊論文索引資料庫（中華民國
期刊論文索引光碟系統，1996.01-2008.12，
A9422388）

Apple, L. M. (2008). *Identifying inefficiencies in
resource management: An application of data
envelopment analysis to selected school libraries in
California [Abstract]*. Retrieved from Dissertation
Abstract Ondisk database (Dissertation Abstract
Ondisk, DC-ROM, Jan. 1989-Dec. 1993)

(2)經由Web檢索之資料庫

格式：Author. (Year). Title. Retrieved [month day, year] from
[source] database ([name of database], [item no. -if
applicable]) on the World Wide Web: [URL]

李茂能（1998）。統計顯著性考驗的再省思。**教育
研究資訊，6**（3），103-116。線上檢索日期：
2001年4月1日。國立臺灣師範大學圖書館教育
論文線上資料庫。網址：http://140.122.127.251/
edd/edd.htm

Weitzman, R. A. (1996). The Rasch model plus guessing.
Educational and Psychological Measurement,
56(5), pp. 779. Retrieved May 1, 2001 from
EBSCOHost database (Masterfile) on the World
Wide Web: *http://www.ebsco.com*

⑶引用電子郵件

個人通訊僅需在「正文」中引用，在參考書目中不需引
註。其引用格式為：

L. A. Chafez (Personal communication, March 28, 1997).

林清山（個人通訊，2001年2月1日）。

⑷引用網站

當整個網站而非特定網頁時，只要在正文中以括弧中註明
其網址（URL），而無需在參考書目中引註。例如：美國
圖書館學會的網站提供各種類型的專業資訊（http://www.
ala.org）。

⑸電子期刊

①電子版與紙本版並行之期刊：應註明電子版或Electronic
version及頁碼。

　格式：作者（出版年）。文章名稱〔電子版〕。期刊名
　　　　稱，卷，頁碼。

　範例：金成隆（2002）。生產科技對財務報表品質影響
　　　　之研究〔電子版〕。企業管理學報，54，
　　　　33-51。

VandenBos, G., Knapp, S., Doe, J. (2001). Role of reference elements in the selection of resources by psychology undergraduates [Electronic version]. *Journal of Bibliographic Research, 5,* 117-123.

②電子資料已改變或與紙本版不同之期刊：應註明擷取日期，網址資料必須有Uniform Resource Locator，簡稱URL，並在投稿前測試網址之正確性。

格式：作者（出版年）。文章名稱。*期刊名稱，卷，*頁碼。擷取日期，取自網址

範例：林基興（2003）。老化面面觀專輯。*科學月刊，402，*472-473。2003年6月24日，取自http://www.scimonth.com.tw/catalog.php?arid= 436

VandenBos, G., Knapp, S., Doe, J. (2001). Role of reference elements in the election of resources by psychology undergraduates. *Journal of Bibliographic Research, 5,* 117-123. Retrieved October 13, 2001, from http://jbr.org/articles. html

③僅有電子網路版之期刊：有日期應註明日期與編號，網址資料必須有URL，並在投稿前測試網址之正確性。

格式：作者（年，月日）。文章名稱。期刊名稱，卷，編號。擷取日期，取自網址

範例：Fredrickson, B. L. (2000, March 7). Cultivating positive emotions to optimize health and well-being. *Prevention & Treatment, 3,* Article 0001a. Retrieved November 20, 2000, from http://journals.apa.org/ prevention/volume3/

pre0030001a.html

(6)電子資料庫

格式：作者（出版年）。文章名稱。期刊名稱，卷，頁
碼。擷取日期，電子資料庫名稱。

範例：胡名霞（1998）。動作學習在物理治療之應用。*中
華民國物理治療協會雜誌*，*23*，297-309。2003
年6月24日，取自中華民國期刊論文索引系統
WWW版-1970.01~2003.03。

Borman, W. C., Hanson, M. A., Oppler, S. H., Pulakos,
E. D., & White, L. A. (1993). Role of early
supervisory experience in supervisor performance.
Journal of Applied Psychology, *78*, 443-449.
Retrieved October 23, 2000, from PsycARTICLES
database.

8 審查中與印刷中之文獻

(1)已經投稿但尚未被接受刊登之期刊論文：不寫出投稿之期
刊名稱。

格式：作者（投稿年）。文章名稱。稿件審查中。

範例：林進材（2008）。城郊地區教師教學品質之比較研
究。稿件審查中。

McIntosh, D.N.(2008). **Religion as schema,with
implications for the Relation between religion
and coping**. Manuscript submitted for Publication.

(2)印刷中的期刊論文：因為尚未出版，不寫出出版年及頁
碼。

格式：作者（印刷中）。文章名稱。期刊名稱。

範例：林進材（印刷中）。人口衝擊下的教育出路與生

路。師友月刊。

9 學位論文

(1)未出版學位論文

> 格式：作者（年代）。論文名稱。未出版碩士論文，學校
> 名稱，學校所在地。

> 範例：林進材（1997）。國小教師教學思考之研究。未出
> 版博士論文，國立臺灣師範大學，臺北市。
>
> Lin, J.T.(1997). **Teacher thought process**. Unpublisher
> doctoral dissertation, Taiwan Normal University.

(2)博碩士論文摘要登錄於國際博碩士論文摘要（DAI）或其他
檢索系統且從學校獲得。

> 格式：作者（年代）。論文名稱（博碩士論文，學校名
> 稱，年代）。檢索系統名稱，編碼或卷，頁
> 碼。

> 範例：張燕文（2007）。繪本應用於品格教育之行動研
> 究。（碩士論文，臺南大學，2007）。全國博
> 碩士論文資訊網，97EDU00193021。
>
> Jackson, B.K.(2008). **Student thought process**.
> (Doctoral dissertation, Cornell University, 2008).
> Dissertation Abstracts International, 61, 518.

(3)博碩士論文摘要登錄於國際博碩士論文摘要（DAI）而從
UMI或其他檢索系統獲得

> 格式：作者（年代）。論文名稱。檢索系統名稱，卷，頁
> 碼。（UMI或其他檢索系統編號）

> 範例：莊逸萍（2008）。九年一貫課程評鑑架構之研究—
> 以國小體育與健康領域為例。全國博碩士論文
> 摘要檢索系統，526.8004D91-1。（2008

NPEU0283001）。

Sweet, H.K.(2008). Teacher effective behavior. Dissertation Abstracts International, 66(1), 532D.(UMI No, 082345)

10 報紙

(1)沒有作者之報導

格式：文章標題。（出版年，月日）。報紙名，版別或頁碼。

範例：教育改革的理想與回顧。（2008, 0125）。教育時報，8版。

(2)有作者之報導

格式：作者（出版年，月日）。文章標題。報紙名，版別或頁碼。

範例：林進材（2008, 0125）。教育改革的理想與回顧。（2008, 0125）。教育時報，8版。

㈣數字與統計符號

論文中常用的幾種格式條述如下：

1 小數點之前0的使用格式

一般情形之下，小於1的數，需於小數點之前要加0，如：0.12、0.96等，但當某些特定數字不可能大於1時（如相關係數、比率、機率值），小數之前的0要去掉，如：$r=.26$，$p<.05$等。

2 小數位的格式

小數位的多寡要以能準確反映其數值為原則。相關係數以及比率需取兩個小數位，百分比需取整數。推論統計的數據一律取小數

兩位。但當p值為0.014及0.009時，只取兩位小數，並無法反映它們之間的差距，此時就可考慮增加小數位。

3 千位數字以上，逗號的使用格式

原則上整數部分，每三位數字用逗號分開，但小數位不用，如3,645.5893。但自由度、頁數、二進數、流水號、溫度、頻率等一律不必分隔。

4 統計數據的撰寫格式

M=15.68，SD=2.40，F(3, 8)=36.37，t(13)=5.34等格式，其中推論統計數據，要標明自由度，且最好標出p值與效果值。

5 統計符號的字型格式

除 μ、α、β、λ、ε 以及V等符號外，其餘統計符號均一律以斜體字呈現。如：$ANCOVA$，$ANOVA$，$MANOVA$，N，nl，M，SD，F，p，r 等。

(五)表的呈現

1 中文表格標題的格式

表之標號與標題需分行撰寫，且需置於表格之上，標題為加黑之斜體字並靠左切齊。

2 英文表格標題的格式

例：Table 1

　　Table Title（格式同中文表格）

3 中英文表格內容的格式

表格內如無適當資料，則以空白方式處理，若表格內無法塡滿的原因是因爲「資料無法取得」或「沒有報導」，則在細格中畫上「-」，並在表的「一般符號」中說明短畫符號的使用。

4 同一行的小數位的數目要一致

5 中英文表格下方之註記

請參考第三章第一節相關說明。

6 表的編號

按各章節依序編碼，例如第三章的第一個表，編爲「表3-1」，以此類推。不論表的報告中稍後是否有更詳細的討論，所有的表都要依照在本文中首次被提到的順序，依次用阿拉伯數字編號。

7 表的畫格線

儘量不使用封閉性、垂直的畫格線，而使用水平的格線作表。

8 表與內文之間需空一行

㈥圖的呈現

1 圖的注意要點

圖形可以清楚的顯現某種趨勢，尤其可以呈現變項之間交叉或互動的關係，但通常只用來呈現必要而且重要的資料。

2 圖形的種類

圖形的種類眾多，不論何種圖形均包括標題、內容、註記三部分，茲分別說明如下：

(1)中文圖形標題的格式：*圖序號*、標題，置於圖形下方，圖序號為斜體字，標題靠左切齊。

(2)英文圖形標題的格式：*Figure #.* Title（置於圖形下方）。

(3)圖形若有標記出統計顯著值，則在圖之標題中要說明顯著機率水準。（有關此部分要遵守「表的註解」格式，請參閱前文表的格式。）

(4)中英文圖形內容的格式：縱座標及橫座標本身的單位要一致，而且不論縱或橫座標，都要有明確的標題，並且要在圖形中標出圖例說明。

3 製圖的原則

(1)每一圖表的大小以不超過一頁為原則，如超過一頁時，可在前圖的右下方註明「續後頁」或「table continues」，在後圖的左上方註明「接前頁」或「continued」。

(2)圖的標號及標題請打在同一列。

4 圖的編號

按各章依序編碼，例如第三章的第一個圖，編為「圖3-1」，以此類推。

5 圖與內文之間需要空一行

6 圖形座標軸之標題文字居中處理

論文的章節內容如何安排

　　一般的學位論文（含博碩士論文）在章節內容的安排上，都是大同小異的。主要差別在於「量化研究」或「質的研究」，所要包含的章節稍有不同。不管是人文社會科學或是理工商學等，論文在章節內容的安排上，依據研究生的學位論文性質，以及指導教授的偏好而有所不同。以下將一般學位論文的章節內容，簡要說明如下：

　　第一章　緒論

　　　　　　第一節　研究動機與重要性

　　　　　　第二節　研究目的與研究問題

　　　　　　第三節　名詞釋義

　　　　　　第四節　研究範圍與限制

　　　　　　第五節　研究方法論

　　第二章　文獻探討

　　　　　　第一節　理論基礎

　　　　　　第二節　意義、性質、內涵、原理原則、層面

　　　　　　第三節　相關研究

　　　　　　第四節　其他

　　第三章　研究方法與設計

　　　　　　第一節　研究對象

　　　　　　第二節　研究方法

　　　　　　第三節　研究者的背景與角色（質的研究或個案研究）

　　　　　　第四節　研究現場（質的研究或個案研究）

　　　　　　第五節　研究流程（或研究實施過程）

四　論文撰寫的注意事項

　　學位論文的撰寫，研究生由於是第一次寫學術論文，所以在寫法和格式方面，必須遵守學術的規範，避免因為疏失或違反學術規範，而降低自己的論文品質，影響後續的學術發展。由於未來的博士班入學考試，碩士學位論文所占的比率相當高，所以在碩士學位論文的撰寫上，必須特別花功夫，將錯誤率降至最低，一來不至於有辱師門影響指導教授的聲望，二來在未來的博士班入學考試，才能順利並取得審查方面的高分，讓博士班的教授相信你未來的發展潛力。有關論文撰寫的注意事項，依據章節內容的安排，簡要說明如下：

㈠第一章第一節　研究動機與重要性

1.明白揭示本研究的動機何在？

2. 強而有力的說帖何在？

3. 國內目前的研究情形？

4. 國外目前的研究情形？

5. 本研究如何區隔國內外相關的研究或是本研究相對於國內外的研究價值何在？

6. 本研究的進行對國內教育的推展價值何在？對研究者本身所處的教育工作環境有何意義？對研究者本身的成長有何意義？

7. 本研究對未來的研究與發展具有何種意義？

㈡第一章第二節　研究目的與研究問題

1. 研究目的與研究問題必須相呼應，並且相互結合。

2. 研究目的必須具體明確，並考慮未來研究是否可以達成研究目的？

3. 研究問題必須扣緊研究目的，研究問題本身必須是可行的並且可以達成的。未來在研究方法與資料處理方面必須能一問一答，依據研究者提出的研究問題進行問題解決。

㈢第一章第三節　名詞釋義

必須包括理論性定義與操作型定義：

1. 理論性定義（綜合國內外的文獻及定義）。

2. 操作型定義（本名詞在研究中所代表的意義何在）。

3. 名詞釋義必須是公認的定義或是一般性的定義。

㈣第一章第四節　研究範圍與限制

1. 研究範圍通常包括研究方法、研究層面、研究問題、研究變項等。

2. 研究限制通常包括研究方法、研究性質、研究對象、研究問

題內涵、研究變項等。

3. 其他因研究方法本身所導致的限制皆應一併列入。

(五)第二章文獻探討　第一節理論基礎

1. 通常包括心理學、社會學、哲學、教育學。

2. 包括國內外對專有名詞的定義。

3. 每一小節後由研究者進行綜合討論分析並建立自己的看法。

4. 理論基礎應結合主要的研究變項。

(六)第二章第二節　意義、性質、內涵、原理原則、層面

1. 包括國內外的文獻。

2. 請參考APA第四版的寫法。

3. 每一小節結束之後作綜合分析工作。

4. 如引用二手資料請進行查證工作，以避免以訛傳訛或引用不當的現象發生。

5. 盡量引用最新的資料。

6. 引用具有公信力的資料（最簡單的辨別方式就是在國內被引用的次數）。

7. 透過二手資料查第一手資料。

(七)第二章第三節　相關研究

1. 必須結合本研究中即將探討的變項或是層面作整理與分析的工作。

2. 國內外的研究必須結合本研究的變項、問題、層面做為未來研究結果分析與討論的論證資料。

3. 相關文獻針對各變項所做的論證、推論或因果關係部分是本研究結論分析與討論的依據。

4. 相關研究不足或是無法解決的問題與變項，係本研究的重要

性與研究動機所在。

5. 相關研究結果與本研究結果相符與相反的研究都需要作有效的整理，相關研究中的建議，如果對本研究未來的建議與結論有關者，也應作系列的整理探討。

6. 相關研究的工具如將引為本研究所用，則必須將工具的信度、效度作學理上的介紹。

7. 本研究與相關研究的區隔何在應作探討分析。

8. 其他。

㈧第三章第一節　研究對象

1. 如果是質的研究或個案研究，必須針對研究對象進行深度介紹，包含研究對象本身的特性，如服務年資、年齡、信念、經驗、人格特質等，並且嚴格遵守研究倫理、保密性等。

2. 量化研究則採一般描述性即可。

㈨第三章第二節　研究方法

1. 介紹本研究的主要方法，並將研究方法所設計的理論或限制做簡要式的介紹，例如問卷調查法的實施，理論基礎何在？研究方法本身所涉及的限制有哪些？研究者如何處理研究方法本身所涉及的限制？在本研究中研究法採用的理由何在？

2. 可考慮將研究架構（以研究變項為主的架構）列出供讀者參考。

3. 採用研究方法的理由何在？

㈩第三章第三節　研究者的背景與角色（質的研究或個案研究）

1. 採寫實方式描寫，並且將研究者的情境脈絡作詳細的介紹。

2. 如果有需要必須將被研究者的情境脈絡作詳細的介紹，如果

是個案研究法或比較研究法，則研究對象的情境脈絡分析必須要有一致的參考架構。

3. 研究者本身所扮演的角色必須作深度的介紹，如何避免研究中所謂的研究者效應或是參與者效應，必須要有詳細的交代。

4. 請參考質的研究或個案研究相關書籍或文獻、研究報告。

5. 質的研究或個案研究如果涉及信度、效度問題，研究者必須加以處理並且交代清楚，例如三角校正法的應用。

6. 研究者的背景與角色如果對研究本身產生負面效應，研究者如何處理？

㈩第三章第四節　研究現場（質的研究或個案研究）

1. 研究現場所涉及的各種因素都必須詳細描述，例如○○國小的歷史、位置、社區特性、家長社經地位、學校校舍年代、教師年齡、性別分布等等。

2. 如果研究現場在教室，則與教室有關的各種物理、心理因素都需要描寫，讓讀者對研究現場有清楚的理解，才能讓資料或研究所得在情境脈絡之下突顯出意義來。

㈩第三章第五節　研究流程（或研究實施過程）

1. 請參考APA最新版的規範。

2. 請了解研究流程圖、研究架構圖、研究甘梯圖等名詞的意義，並且使用正確的名詞。

3. 研究流程（或實施過程）可採用研究方法或研究變項方式呈現。

4. 請留意各種符號本身所代表的意義，例如虛線、實線、直線、雙箭號等所代表的意義並正確使用。

㈩第三章第六節　研究工具

1. 如果引用他人工具必須經過原作者同意，並且要簽署同意

書。

2. 如果研究者自編，編製過程、理論基礎、工具本身的信度、效度必須要交代清楚。

3. 研究工具的編製與信效度請參考相關文獻或書籍。

㈤第三章第七節　資料處理

1. 採用的統計方法必須要針對研究性質、研究問題、研究變項。

2. 統計推論要了解統計本身的意義和限制，不可無限上綱或做過度推論。

㈥第三章第八節　研究倫理（質的研究或個案研究）

1. 本研究如何處理研究倫理問題。

2. 請了解研究倫理的內涵並作簡要的敘述，說明研究者如何處理相關的倫理內涵，有哪些具體的作法？

㈦第四章　研究結果分析與討論（一、二、三）

1. 研究結果如果是量化的研究，請參考相關研究以圖表列出並說明之。

2. 一般的研究比較容易犯的錯誤是只有分析，缺乏討論。

3. 第二章文獻探討中的相關研究部分，就是第四章研究結果分析與討論的依據，研究者在研究結果列出來之後，運用相關研究將研究結果的意義突顯出來。

4. 研究結果討論必須作因果關係或是可能原因的推論，將研究結果的意義作學理的分析。

5. 如果研究結果解決變項的問題，研究者可以考慮作可能形成原因的推論或猜測，例如研究發現澎湖縣離島地區教師的教學效能高於本島地區教師，其可能原因為離島地區教師年齡

較輕,可塑性較強,並願意進行教學上的嘗試等等。

6. 研究結果的論證方面是相當重要的,此部分即可顯現出研究者在研究方面的功力。

7. 統計表的呈現方式請參考APA最新版。對於研究結果無顯著差異的現象,也應作各種可能性的推論,因為無顯著差異是一般研究者最容易忽略的一環,有些時候這些現象是蠻重要的。

㈦第四章第四節　綜合分析與討論

1. 此一部分在於將第四章研究結果與發現作綜合性的整理。

2. 綜合分析討論必須結合第一章研究目的與研究問題,如果無法解決研究目的與研究問題的話,本研究在嚴謹性方面就會受質疑。

3. 最佳的方式就是列表或畫圖表示。

㈧第五章　研究結論與建議

1. 研究結論必須依據第一章研究問題,以一問一答的方式呈現。

2. 研究結論必須在標題上以肯定句的方式呈現,例如男性教師在教學焦慮感方面高於女性教師。

3. 研究結論的撰寫應以研究者的立場方式撰寫,不可再引用相關的資料或文獻,除非特殊要件。

4. 研究建議必須扣緊研究結論,避免過度推論。

5. 研究建議應該具體,並且結合研究目的。例如本研究結果供教育行政機關、師資培育單位、學校行政、教師教學參考,則在研究建議方面就必須對前開單位或人員進行具體的建議。

6. 避免做過於廣泛或不切實際的建議,例如加強教師在職進

修、擴大教師編制、提升教師待遇與大學教授同等。

7. 在建議方面，研究者必須了解哪些是可變性的、哪些是無法改變的？

8. 研究建議通常包括進一步研究建議，但請留意不可與本研究方法論有衝突現象，否則口試委員會反問既然進一步研究建議如此重要，研究者爲何不納入正式研究中？

㈨ 參考書目

1. 請參考APA最新版。

2. 中文在前、英文在後。

3. 研究中有引用的文獻，一定要列在參考書目中不可遺漏。

4. 有引用過的文獻或參考書目，研究者要熟讀或深入理解，口試委員可能在口試時提出問題。

5. 引用的學位論文或學報研究，和本研究相當接近的部分，請了解該研究和本研究中有何異同？本研究的特色何在？

6. 一般研究生容易犯的錯誤是漏掉參考文獻，最好的處理方式就是在撰寫論文過程中，隨時將參考資料以電腦處理，或是用筆記本將各種參考資料記下來，以便日後整理之用。

7. 研究中未曾參考的文獻，請不要列入參考書目，否則徒增困擾，如果口試委員對任何一筆資料有興趣，而研究生在衆多且龐大的參考資料中無法一一熟讀，則容易造成不必要的困擾。

8. 上述情形尤其以英文資料容易有此現象發生。

9. 參考書目請儘量找最新版，以避免新舊版中有差異而造成研究上的差異。

10. 英文參考文獻或書目，請留意外國人名與國人人名不一樣之處。

五 致謝詞的寫法

㈠內容應該包含哪些

致謝詞對研究生而言，不僅代表學位論文的完成，同時也意味著學術生涯即將告一段落。因此，寫致謝詞階段都是充滿喜悅的。翻開國內博碩士論文的致謝詞，相互對照下皆大同小異，不外乎對自己求學生涯甘苦談的文字敘述。在研究所階段的求學要感謝哪些教授的指導？哪些學長姐的支持提攜？哪些同儕好友親友團的相互打氣？作研究過程中自己的任職機關首長、同事的相互支持？學術撰寫過程中資料蒐集或問卷資料的發放，要感謝哪些遠方陌生人的無怨無悔的付出鼎力相助？指導教授在論文撰寫過程指導的點點滴滴？口試委員百忙中撥冗給予的指導？以及自己的家人（包含親密愛人）的鼎力支持等。林林總總的致謝詞，敘述著研究生的生涯路，這些都是學位論文撰寫過程的故事。

㈡哪些內容一定要寫

致謝詞的內容，通常是包羅萬象的。不過，研究生在撰寫致謝詞時，不管自己發生的故事有多感人，自己是如何地含辛茹苦地將論文生出來，在致謝詞的撰寫前，應該先想清楚，內文要包含哪些重點？在致謝詞內容的撰寫方面，應該包含論文撰寫中曾經幫助過自己的人，如經費挹注者、指導教授、口試委員、所內教授、任職機關首長、同儕好友、家人、協助研究者（如果沒有研究倫理上的問題），都應該在致謝詞中給予誠摯的感謝。

㈢哪些內容不可以寫

致謝詞的內容，如果有涉及隱私者，或是不妥的過程，研究生

應該考慮要不要在內文中呈現。例如，研究過程中研究對象的選取，如果曾被拒絕的話，是屬於當事人的權利，不應該在文中敘述；撰寫過程中曾經有哪些不愉快的事情發生，口試委員如果提出爭議性的問題，論文中有爭議性尚未處理者等；或是涉及他人隱私者等問題，盡量不要在致謝詞中出現。

㈣特別注意哪些禁忌

致謝詞的敘述中，如果涉及隱私或禁忌者，應該避免以文字方式呈現。例如，過去曾有公務人員以在職進修方式完成學位，但在請假上並未完全遵守規定，該研究生在致謝詞中感謝首長睜一眼閉一眼的情懷，因而被檢舉導致無法收拾的下場。其次，研究生喜歡在致謝詞中將自己的異性好友列入，並且將論文撰寫過程中的私生活以文字方式赤裸裸地呈現出來，後來二人並未有甜蜜的結果而導致後遺症。此外，已有家庭的研究生通常會將自己另一半的名字，列在感謝人特別顯眼處，後來因為理念不合導致離婚，再次面對自己所寫的致謝詞，不知情何以堪的窘境。

㈤其他應注意事項

除了上述情形，研究生在撰寫致謝詞時，對於論文的撰寫過程，哪些機關曾經給予協助，也應該一併列出來。此外，如果研究工具曾經獲得作者首肯，並簽有同意書者，曾經協助做過專家效度者，論文打字排版協助處理者，應該在致謝詞中專文感謝。

六　學位論文的評論要點

學位論文品質的良窳，影響研究生的學術發展。因此，在撰寫學位論文中，應該要了解，論文審查的要點以及審查所要求的特

質，才能撰寫出一篇高品質的學位論文。有關學位論文的評論要點，本文以中華民國課程與教學學會出版的「課程與教學季刊」（以名列TSSCI之林）論文審查意見為例，簡要說明論文審查要點（請參見章末所附意見表）。

㈠緒論、理念與摘要

在論文緒論、理念與摘要方面的審查要點，包括論文題目的適切性、研究動機與重要性是否能點出本論文的重要性等。茲將審查要點與問題簡列如下：

1. 論文題目適切性如何？
2. 題目的重要性如何？
3. 題目的創發性如何？
4. 中文摘要如何？是否包括研究對象、研究樣本、研究方法、研究過程、研究結論與研究建議？
5. 英文摘要是否適當？英文的用字遣詞適當嗎？
6. 中英文摘要的關聯性如何？
7. 研究背景、研究動機與重要性如何？
8. 有歸納出國內外重要的研究和研究趨勢嗎？
9. 研究重要性和關鍵字適切嗎？
10. 其他。

㈡文獻評述方面

文獻探討是學位論文的心臟，透過文獻探討可以讓研究人員了解，研究主題在過去的發展，以及學術界的評論情形，透過文獻探討可以引導研究者思考研究方法的採用問題，以及研究目的與研究問題解決的可能性。文獻探討也可以提供研究人員，做為未來研究結果分析與討論的論證依據。有關文獻評述方面的標準，簡述如下：

1. 文獻是否囊括國內重要的文獻資料？
2. 文獻是否囊括國外重要的文獻資料？
3. 文獻資料的周詳性如何？
4. 文獻資料與論文的關聯性如何？
5. 文獻資料的邏輯性如何？
6. 文獻探討的邏輯性如何？
7. 每一段落或節次後是否作適當的歸納統整？
8. 文獻評析與討論是否適當？
9. 是否遺漏重要文獻？
10.其他。

㈢研究方法

　　研究方法的運用是學位論文的重鎮，透過文獻探討後，研究生會依據該主題過去的研究與論述，決定採用哪一種研究方法？隨著不同研究方法的運用，可以引導研究生採取不同途徑去蒐集資料、分析資料與解讀資料。研究方法論的評論，通常攸關論文的品質高與否的問題。有關研究方法的審查標準，簡述如後：

1. 研究方法的採用是否適切？
2. 研究過程是否適切？
3. 研究樣本與對象的選擇是否適當？
4. 研究工具的選擇是否適當？
5. 研究工具的編製是否符合學術規範？
6. 研究工具的信度與效度是否適當？
7. 研究現場的描述是否周詳（質性研究）？
8. 研究資料的取得是否合乎規範？
9. 研究資料的分析與整理是否妥切？
10.統計方法的運用是否適當？
11.研究倫理的考慮是否周詳？

12.其他。

㈣研究結果分析與討論

　　研究結果的分析與討論，涉及研究資料蒐集之後，如何讓資料或數字說話的問題，研究人員在資料分析與整理上，是否出現錯誤的解讀或誤解現象。在研究結果分析與討論上，最容易出現的問題在於只有討論，而缺乏分析部分。有關研究結果分析與討論方面的審查標準，簡要說明如下：

　　1.研究結果的呈現是否適當？

　　2.研究結果的分析是否適當？

　　3.研究結果的解釋是否合理？

　　4.研究結果的討論是否適當？

　　5.研究結果的推論是否適當？

　　6.研究結果的分析與討論是否並重？

　　7.研究結果的討論是否引用相關文獻？

　　8.研究結果的討論是否合乎邏輯？

　　9.研究結果分析與討論是否列表出來？

　　10.其他。

㈤研究結論與建議

　　研究結論與建議，最能看出研究人員的功力，透過研究資料分析與討論，所導出來的學術結論與建議，是整個論文的貢獻之處。一般而言，研究結論與建議部分，依慣例不再引用相關文獻，而是將本研究的重要發現，結合解決實際問題的處方性策略。有關研究結論與建議的評鑑標準，說明如下：

　　1.研究結論是否配合研究問題採一問一答方式？

　　2.研究推論是否合適？

　　3.研究建議是否依據研究問題？

4.研究建議是否依據研究發現？

5.研究結果的創建如何？

6.研究建議是否為泛泛之論？

7.研究結論與建議是否適切？

8.後續的研究建議是否具體？

9.後續的研究建議是否否定論文本身？

10.後續研究建議是否有前後矛盾的現象？

㈥論文格式方面

論文格式的要求，是學術論文的基本規範，也是論文審查的基本門檻，如果論文撰寫未遵守格式上的要求，恐怕在資格賽中就被取消。因此，在論文格式上要特別注意，除了遵守APA的規範外，在引用時要特別注意，避免未來被控告抄襲的窘境。有關論文格式的規範，略加說明如下：

1.論文格式是否符合APSA共同規範？

2.論文引用是否合適？

3.重要測驗或工具是否經過原作者同意？並且出具同意書或同意函？

4.論文的標題段落是否適切？

5.論文中的用字遣詞是否適當？

6.在專有名詞的運用上是否適當？

7.論文的組織與結構性如何？

8.參考文獻是否遺漏？

9.參考資料的撰寫是否正確？

10.論文字裡行間是否出現錯別字？

11.文字的運用是否過多贅詞？

12.其他。

✎《課程與教學季刊》論文審查意見表（中華民國課程與教學學會）

項目及比重	審查意見	得分
著作編號		
著作名稱		
一、緒言、理念和摘要（10%） 1.題目的適切性？ 2.題目的重要性與創發性？ 3.中英文摘要、研究背景、理念和重要性 　與關鍵字的適切性？		
二、文獻評述（20%） 1.文獻與論文的關聯性？ 2.文獻資料的周詳性與邏輯性？ 3.文獻的評析與討論是否適當？ 4.是否遺漏重要文獻？		
三、研究方法（20%） 1.研究方法及研究過程是否適切？ 2.研究對象的選擇是否合適？ 3.研究的信度、效度是否適當考量？ 4.資料整理與分析是否妥切？		
四、研究結果和討論（35%） 1.研究結果的分析及呈現是否適切？ 2.研究結果的解釋或討論是否合理？ 3.研究的推論及結論是否適當？ 4.研究結果的創見如何？ 5.研究結論與建議是否適切？		
五、論文格式（15%） 1.論文格式是否合乎稿約格式？ 2.標題段落是否適切？ 3.使用的專用名詞是否適當？ 4.組織與結構之系統性如何？		14
總分（100%）	80	

審查決定	A.□（90分以上）推薦採用。
	B.Ⅴ（80-89分）修後可用：作者參酌意見略修後，無需再審即可採用。
總分：	C.□（70-79分）修後再審：作者修改後，需再審決定。
	（　　）請交給我再審決定。
	（　　）請另找他人再審決定。
	D.□（69分以下）不予採用。
給編者的話：	

2007.07.14修表

審查者簽名：＿＿＿＿＿＿＿＿＿　日　期：＿＿＿＿＿＿＿＿＿＿

備註：

CHAPTER 7

論文文獻蒐集整理歸納

文獻探討是學位論文與學術論文的心臟,透過文獻探討可以讓研究生了解,自己有興趣的議題,過去國內外的研究現況、趨勢、發展、模式等,引導對關心主題的深入了解。一篇好的學術論文通常取決於文獻探討,而後決定於研究方法與研究結果。

一 如何研判文獻的重要性

㈠學術引用的次數

國內文獻的重要性,可以從該文獻被引用的次數得知,引用次數越多者,代表該文獻的重要性高;反之,則該文獻關心的人比較少,不過最新的文獻例外。國外文獻的重要性,可以從國內討論的次數約略了解該文獻的重要性。或者,研究生可以將重要文獻列出來,請教論文指導教授。通常學術界的教授,對於自己領域的相關文獻都會瞭若指掌。

㈡重要期刊的評論

文獻的重要性與否,可以從國內外知名的期刊中一探究竟。例如名列TSSCI、SCI、SSCI、EI等的學術期刊,所登出來的學術論文

都需要透過嚴謹的審查，才准予登出。因此，重要期刊的評論，可以了解該文獻的重要性以及所占的學術地位。

㈢ 學術會議的標題

學術領域中的學術會議或學術研討會，會將該領域最重要的發展趨勢，或是目前關注的重點，列為學術會議的標題。例如，課程與教學國際學術研討會標題曾訂為「多元文化課程與教學趨勢與展望」，可以看出當時課程與教學關注重點在於多元文化課程與教學。

㈣ 論文所處的舞臺

從論文在學術界所占的地位，也可以看出該文獻的重要性為何。例如「多元智能的理論與實際」，在90年代受到臺灣學術界與實務界的青睞，因而近幾年來的多元智能發展與教學，相形之下變得益形重要。研究生可以從多元智能的受重視，了解該文獻在學術研究上所處的地位。

㈤ 專書出版的情形

從專書的出版情形，可以看出文獻與資料的重要性，如果該專書出版之後，有好幾版（或刷）的印量，則表示該主題的相關文獻，是相當重要的。例如，近年來的多元文化教育，受到學術界的關注，因而該方面專書的出版量相當高，可以窺出該主題方面的文獻，是相當受到重視的。

㈥ 衍生的論文數量

從衍生的學術論文數量，也可以看出該文獻的重要性。例如，臺灣地區從事教育改革運動之後，後續的九年一貫課程所衍生的研究論文相當多，因而改革方面的理論與實際，就受到相當的重視。

二 如何將文獻去蕪存菁

㈠文獻在質不在量

一般研究生對文獻探討的迷失，認為只要文獻資料多就表示文獻探討佳，這是很重要的迷失。其實，文獻探討的重點在於將研究主題的過去發展情形，作文獻方面的回顧，並且點出本研究的重要性與價值性所在。因而，文獻探討的重點在於質而非量。只要可以將研究主題的價值性與重要性，透過相關文獻點出，可以突顯出研究的意義，則文獻多寡並非學術研究的重點。

㈡文獻探討的重要性

文獻探討的重要性在於針對研究主題相關文獻的評析、摘要與綜合，研究生透過文獻探討，可以將重要的研究作學理上的綜合歸納，並且將理論基礎作重點式的分析，釐清文獻中的重要概念。因而，文獻探討具有綜合與評論的作用，透過文獻探討，可以引導研究生了解後續的研究方法，並且在研究結論與討論分析中，找到佐證的資料和有利的證據。

㈢文獻探討的功能

文獻探討的功能，通常包括研究問題的界定與發展，透過先前的研究成果，建立未來研究的基礎。因而，文獻探討可以讓研究生避免重複不必要的研究，或是在無意義的話題上炒冷飯，將時間浪費在不必要的主題上。此外，透過文獻探討可以引導研究生，針對關心的議題，選擇更適當的研究設計與實施，調整原有的研究計畫，並且將自己的研究與先前的文獻作比較，以利後續研究的

進行。

㈣文獻探討的步驟

文獻探討的步驟，通常包括蒐集國內外重要的文獻，閱讀所蒐集的文獻並作分類，將文獻作系統性的整理歸納，並且將相關文獻組織化。透過前開步驟的實施，可以讓研究生了解文獻的重點，並且將文獻的重要性突顯出來。

㈤文獻探討的結構

文獻探討的結構，通常包括理論基礎、重要意涵、原理原則、程序（或流程）、評量、相關研究等。在資料的呈現上，包括理論資料的敘述、研究資料的敘述、相關研究的綜合討論（包括支持的研究與否定的研究）、對本研究的啟示等。學位論文的文獻結構與一般學術論文文獻的結構，因研究者喜好不同，而有不同的呈現方式。此部分請參考本書第六章「學位論文的格式與撰寫」部分。

 ## 文獻資料如何有效分類

㈠依據理論分類

文獻探討的分類，研究生可以依據自己的論文特性，作為分類的參考。例如，寫理論探究法與問卷調查法的論文，在文獻分類是差異很大的。一般而言，依據理論將文獻資料作分類，可以參考理論發展的先後順序，作為分類的基礎。例如，探討學習理論的文獻，分類應該以行為主義學派、認知主義學派、折衷主義、互動主義、人本主義作分類。

㈡依據實際分類

此方面的分類，通常用在作個案研究的論文上，因為個案研究屬於質性資料的處理，所以文獻分類可以依據實際性質而分類。例如，描述個案所處的情境脈絡及相關因素，可以依據個案的成長家庭、成長經驗、生命史、重要他人、成長脈絡、成長情境、相關因素等進行分類。

㈢依據研究發現分類

文獻探討的分類，如果依據研究發現做為基準，通常是考慮研究者本身論文特性的需要，以方便後續研究結果分析與討論。例如，研究生在進行學位論文研究時，分類的標準是以研究發現（例如支持的觀點、反對的觀點），則可以參考上述的分類標準。

㈣依據變項分類

依據研究變項分類的優點，在於第四章研究結果分析與討論時，方便相互對照之用。例如，在量化的研究中如果研究生的自變項，類分成性別、服務年資、學歷、婚姻狀況、任教學校規模、學校地點等，文獻探討的分類（尤其是相關研究），建議採用前項分類，以利研究結果分析與討論作為對照之用。

㈤依據特性分類

文獻如果依據特性分類，比較常運用於文件分析或歷史性的研究。因為研究上的需要，研究生必須在文獻探討中，依據研究特性的需要，作特別的分類。例如，研究臺灣課程發展史的學術論文，在文獻探討中有需要將臺灣的課程發展，依據發展階段作必要的分類。

四 文獻撰寫的注意事項

㈠強化檢討與評論功能

文獻探討的撰寫，重點不在於資料的堆砌，或是過去研究的再重述，而是檢討與評論功能的強化。前者的缺失在於缺乏檢討與評論，僅僅將研究資料作重複，後者強調研究者的學術自主性與批判的功能。「缺乏評論的文獻是死的；沒有檢討的文獻是盲的」，應是此部分最好的寫照。

㈡建立屬於自己的觀點

文獻探討容易犯的錯誤，是過度相信依賴他人的研究，而缺乏自己的主觀意識。一般的論文文獻探討，如果以比率而分他人的論點，應該儘量在60%以下，研究者的論述與評論，至少應該在40%以上，才能避免大量引述或套用他人研究論述、成果，導致研究者缺乏主見的批評。因此文獻探討的關鍵不在於資料的堆砌，而在於研究者的專業觀點。

㈢資料整理的成熟嚴謹

文獻探討的呈現，不僅僅在於對過去的研究作專業的回顧，同時也考驗研究者在資料整理方面的成熟度與嚴謹性。在資料的分析歸納方面，研究者除了閱讀理解之外，也應該透過來自研究所課程的千錘百鍊，在技巧與方法上，可以將文獻作「去蕪存菁」的功夫，展現出舊文獻導引出心理論的成果。

㈣重視邏輯與思維過程

文獻探討所要展現的，不在於資料的堆砌，也應該呈現出研究者的邏輯與思維的過程（thought process）。因此，文獻探討的撰寫應該作學術上的分類與整理歸納統整。

㈤回應研究倫理的規範

文獻探討分析，最為重要的關鍵在於回應研究倫理的規範上，研究者是否能遵守學術研究的倫理，在適當處引註並對自己的論點負責任。避免過度引用無法查詢的論點或資料，如網路資料、報紙社論、口耳相傳的論點、剪貼網路文字、抄襲文章、誤用論點等，對文獻探討本身而言，都是負面的。

 五 如何寫一篇動人的文獻

㈠用字遣詞精簡少贅詞

文獻探討的撰寫，研究者應該發揮筆力，在用字遣詞方面力求精簡優美，儘量少贅詞，避免讓讀者花大量時間閱讀，而無法掌握文獻探討的重點。一般研究生最常犯的錯誤，在於整篇文獻充滿錯別字，讀起來不知所云無法掌握重點，外文資料翻譯解讀錯誤，讓人百思不得其解。

㈡引經據典佐證少臆測

優質的文獻探討，研究者在重要文獻的介紹上，應該不斷引經據典，一分證據說一分話，不過度臆測也不過度誇飾。尤其是量化方面的研究，數字背後所代表的意義，以及需要推論之處，都需要

特別謹慎。在相關研究文獻整理時，更應該謹慎以對，避免不必要的誤解產生負面的影響。

㈢段落分明簡潔少凌亂

文獻探討的段落，研究生可以依據論文內涵，作為分類與段落的參考。此方面，研究生在撰寫時如果段落未分明，往往導致凌亂的現象。讓後續的讀者，閱讀論文時無法有完整的概念。因此，論文撰寫過程，應該找幾篇品質比較優的學位論文，作為撰寫的範本參考。

㈣學理歸類清晰少妄斷

學理歸類清晰的問題，可以參考學術界對相關理論與學理的分類標準，或是參考一般約定俗成的規範。通常發展成熟的理論，在相關概念的分類是相當清楚的。所以，研究生在學理歸類上只要參考該理論的分類，就不至於產生凌亂的現象。面對理論發展所提出的策略或方法，研究生不可以妄自菲薄，輕易下判斷而導致推論錯誤。

㈤歸納統整簡明少錯誤

相關文獻的歸納統整，是文獻探討的重要關鍵，研究生對相關文獻的整理歸納，可以從中看出在研究所修課過程的努力。文獻的歸納統整是研究生在閱讀文獻之後，對於文獻所做的分類、歸納與評論，因而也影響研究後續進行的進度與品質。

相關研究如何撰寫運用

㈠依據研究變項而分類

依據研究變項分類，指的是研究的自變項與依變項。例如，研究者關心性別、學歷、服務年資、服務學校規模、服務地區等變項，對於教學效能上的差異情形，則相關研究應該依據上述的變項，作必要性的分類。依據研究變項分類的主要作用，在於第四章研究結果分析與討論時，可以相互對照之用。不必在第四章分析與討論時，重新作整理的工夫。

㈡應包含重要研究議題

相關研究的蒐集與分類，在內容的呈現方面，至少應該包含研究者、研究對象、研究樣本、研究方法、研究結果、研究建議等六個層面。相關研究的呈現，請參考下列表格：

研究者	研究對象	研究樣本	研究方法	研究結果	研究建議
林進材（2008）	國小教師	650位	1.問卷調查法 2.訪談法	1.偏遠地區教師在文化回應教學上得分高於城市教師 2.大型學校教師在文化回應教學上得分低於郊區教師 3.接受多元文化教育的教師，文化回應教學得分高於一般教師	1.師資培育方面 2.教師教學方面 3.教育行政單位方面

㈢支持與否定論點歸納

相關研究的重要性，在於後續研究結果分析與討論，作為相互佐證或論證的參考。因此，比較理想的方式是依據研究者論文的主要變項，作相關研究的分類，其中至少包括：1.支持論點者（或有顯著差異者）；2.否定論點者（或有顯著差異負面者）；3.無相關者。研究者透過研究變項分類，可以在第四章研究結果分析與討論時，作為相互印證之用。

㈣正面與負面是相對的

相關研究中所呈現出來的結果，支持該論點與否定該論點，從研究方法論分析，其實是相對的。換言之，如果相關文獻的研究結果與自己的研究結果是相反的，則該研究論點的負面即為本研究論點的正面。研究者可以從相關研究文獻中，導出自己研究的相關論點。

㈤作為後續論證的參考

相關研究的整理歸納，主要作用在於作為後續論證的參考。尤其在第四章研究結果分析與討論部分，當研究者討論研究現況時，後續的推論與形成此種現象的因素分析，就需要引用先前的相關研究文獻，作為支持或否定本研究的參考。尤其是推論部分的導引，更需要以相關研究作為佐證。

㈥儘量引用最新的資料

國內外重要研究文獻的引用，儘量用最新的研究，一般的參考原則為10年以內的研究，如非必要，避免引用過久的研究文獻。否則的話，會被批評論文研究的論點過於陳舊，或是被質疑研究者不用心於文獻的蒐集。此外，如果相關研究文獻與本研究的年代過於

久遠，研究者也應該深入了解何以該議題，最近幾年乏人問津的現象何在？

㈦引用具有公信力研究

具有公信力的相關研究，在引用上比較不會被質疑，同時比較具有說服力。例如，該研究曾經得過國科會傑出研究獎，或是曾經榮獲國內外重要學會團體評論傑出論文獎。如果經過嚴謹的審查制度，或是經過嚴謹的評審過程，在研究的公信力上，通常是比較高的、不容置疑的。

㈧說明研究的區隔何在

相關研究的提出，研究者應該略以文字說明與自己的研究，所要區隔處何在。避免被批評爲炒冷飯，或是複製他人的研究成果。在學位論文口試時，口試委員也會從研究者的參考文獻中，指出和自己的研究最接近的一篇學位論文，質疑研究生彼此的差異何在？既然他人的研究如此的類似，何必花時間在炒冷飯上，不僅學術貢獻低，也會被懷疑「技術性抄襲」。因此，研究生應該在學位論文適當處，說明相關研究與本研究的區隔何在？研究者爲何關心本研究的議題？二者有何差異？以杜悠悠之口。

CHAPTER 8

研究方法的類型與應用
——以教學為例

教學是科學或是藝術？自Bobbitt（1918）發表《課程》一書和Tyler（1949）於《課程與教學的基本原理》一書提出課程「目標模式」以來，咸認為課程與教學應透過科學化的理性思考方式，以產生更有效率的課程與教學。然而，Eisner（2003）也指出，教學不但是一種科學，也是一種藝術，甚至是一種教育的想像（image）。因此，在教學研究上，持不同的觀點、基本價值或假定，則其方法論上自有不同的研究取向。

以下，分別就教學研究方法、教學研究方法論、教育研究典範、教學研究典範、教學研究方法論的類型及應注意問題等方面，進行分析與說明。

一 教學研究方法

教學是學校教育的主要工作，它是一種規範性、描述性、價值性與有意義的活動，因此其形成的因素自然也相當地複雜。Goodlad（1979）指出，課程與教學在理想（ideal）、正式（formal）、經驗（experience）與實際運作層面之間是有差距的存在。Gage

（1978）亦指出，教學活動存在很多不可預測的現象，教學研究不純然是科學研究，教學的科學是一種錯誤的觀察。以一套放諸四海而皆準的教學研究方法來進行教學活動的研究，無異緣木求魚並且無法真正解決實際的教學問題。

林進材（1997）指出，教學研究於美國20世紀初期即開始，早期研究範圍狹小且研究設計也很簡單，後來隨著研究理論、研究典範、研究旨趣、研究環境和研究時代的改變，而使得教學研究日益蓬勃發展。而人類不同的旨趣也形成不同的知識種類和知識生產的方法途徑（Habermas, 1978）。牛頓曾說：他之所以會有今日成就，是因他站在巨人的肩膀上。透過教學研究工作，讓我們了解教學過去累積的成果，現在發展的情況與未來的趨勢發展，除有助於教學問題的改善或解決，建立系統化理論，並讓我們了解影響教學的各種複雜因素之間的關係，甚至提供教師教學的指引方針，對教學的發展是相當重要的。

然而，教學研究是指什麼呢？教學研究係指以適當的、客觀的、系統化的科學方法，係針對教學成效與學習成就之間的關係或影響因素，進行資料的蒐集、整理與分析，藉以了解教學現象、發現事實、建立理論或解決問題。因此，教學研究不僅有助於提高對教學現象的理解與提昇教師的教學能力，更可以有效地縮短理論與實務之間的差距。這也是教學研究存在的必要性之原因，亦是改善教學活動與提升教學品質重要途徑的一環。

至於教學研究的方法，大致而言可以分為量化與質化兩大取向，量化方法包括調查研究法、實驗研究法、相關研究法等；而質化方法則包括個案研究法、俗民誌、歷史研究法、行動研究法等。簡紅珠（2004）指出，根據其觀察國內教學研究，發現這兩派學者彼此之間的溝通甚少，且有不少人不理解、不欣賞，甚至看不順眼或看不起對方的研究，而形成一種分裂為彼此對立的「巴爾幹化現

象」（Balkanization）。

　　其實，教學研究方法並無絕對優劣與否的問題，簡紅珠（2004）指出，每一種研究方法都有其缺失、限制與偏見。因此，教學研究方法不應執著於單一性與唯一性層面，應針對研究問題和研究目的來選擇適當與可行的研究方法，必要時甚至可以採用多元的研究方法，以平衡研究方法的缺失、限制與偏見，而達到教育研究的描述、預測、解釋、控制的功能，或建立理論、原則之目的。

二 教學研究方法論

　　研究方法（method）與方法論（methodology）經常被混為一談。陳奎憙（1987）指出，教學研究方法論係指進行教學研究時，研究者所持的觀點，與所採的途徑，可說是探討教學研究方法的邏輯學。而隨著教育專業的分工趨於精細，也使得方法和方法論變得多元、複雜（溫明麗，2003）。方法論可以被視為是研究者面對整個問題情境脈絡時，對於所採取的通盤策略或統整設計選擇的後設分析。方法論並非僅是眾多方法中作一個選擇而已。

　　因此，方法論可以說是研究方法的邏輯學，而教學研究方法論亦即是教學研究方法的邏輯學。教學研究透過此一邏輯分析歷程，除了分析教學研究中所採取的策略或途徑，理解教學研究本身的限制與視野之外，也指導教學研究的思想體系，探討其中的基本理論假定、原則、研究邏輯和應用等方法的適當性。經由這個通盤與完整的後設分析歷程，可增進整個研究過程的可靠性與真實性。

　　所以，在教學研究上只強調方法而不問方法論，則可能造成為達成教學研究目的而不擇手段的窘境。沒有研究方法的研究方法論是空的，沒有研究方法論的研究方法是盲的，兩者互為表裡，具有

互補的重要性與價值性，這對教學研究者而言是相當重要的。

 教育研究典範

「典範」是一組觀念、價值和規則，它支配著研究的行為、解釋資料的方法，係某一個科學社群進行研究時所依循的模式以及看待問題的方式，而教育研究典範扮演指引教育研究發展的重要角色。社會科學研究的典範發展至今可歸納為實證論典範、後實證論典範、建構典範與批判典範（Guba & Lincoln, 1994；簡紅珠，2004），茲將其內容分述如下：

㈠實證論典範

係以自然科學的技術、方法或程序處理教學問題，採取極端經驗論的立場，認為教學研究應限制在可觀察的範疇之內，進行教學事實資料的蒐集和尋找期間之相關，以對教學問題或行為做出正確的描述、預測和解釋。通常它常採取的研究方法，如量化研究的實驗研究法、準實驗研究法、調查研究法等。

至於在實徵研究上，仍有一些常見的難題，如研究時間的限制（包括研究時間有限、研究時間點、資料蒐集時間點、詮釋現象時間點的落差等）、「變遷」與「過程」的測量（變遷的諸多面向如何能在單一資料的蒐集中呈現，避免分析單位與研究議題之間的化約主義或區位謬誤）、差異的來源與變項控制、研究結果的解釋與推論、意識型態的障礙等，對於這些問題的批判與反省將更有助於科學的進步，使教育研究更接近真實性與有效性。

實證主義取向的教學研究基於「價值中立」的觀點，以客觀、量化的科學方式，不偏不倚地描述教學變項之間的關係，重視「描述」的研究特性，教學只不過是理論技術的運用而已。然而，在實

際的研究工作上，包括問題的選擇、提出的假設、資料的處理，事實上很難價值中立地進行客觀描述，因此不宜過度強調實證主義的描述特性，流於教學現象表面的描述，產生無法掌握教學現象的價值意義之情況。

㈡後實證論典範

後實證主義係指對實證主義取向過度強調科學理性的一種反動，其教學研究基於研究者的觀點，深入解析教學現象的直接意義，重視師生交互作用的行動及特殊意義，以及尊重學習者的自主性。

㈢建構典範

建構主義典範則涵蓋現象學、詮釋學與符號互動論等哲學觀點。其典範認爲教學應建立在開放與共創的基礎上，教師應協助學生主動參與知識的建構，讓學生在對話、運思、辯證與合作學習的社會互動過程中產生學習。因此，建構主義的教學研究是一種以人爲主體或人本的知識論，研究對象才是主體，其探究重心應置於建構意義層面，研究不能抽離教室情境與文化脈絡等因素，以人類學的基礎和俗民心理學的方法探討教室的教學情境與活動。

㈣批判典範

係指教學研究與社會具有特定之關係，強調對社會意識型態的批判，透過批判所隱含的規則，指引教學行動，以掌握教學意義的整體性和社會關係的整體性。所以，強調研究者與被研究的客體之間的對話關係，而其對話關係之本質是一種辯證的關係，目的在轉化無知與誤解，使其成爲明確的共識。

批判理論的典範融合了新馬克思主義、結構主義、後結構主義與女性主義等思想，認爲教學研究應將師生價值系統交互作用的眞

義溶入動態的社會關係中，了解教學活動背後可能存在的意識型態，並透過此批判的意識覺醒，促進教育實踐來改善教學品質。而其對教學研究的建議如下：

1. 在教學過程中，鼓勵學生主動思考與創造，並將意識型態轉化成知識或對學生有價值的經驗。

2. 在教學研究過程中，教師提供學生自我發展及自我肯定的機會。

3. 在師生關係中，教師要避免「優勢」的影響，同時也要對外在於教室或學校的意識型態假以反省和批判，避免成為不平等社會「再製」的附和者。

4. 在教學評量的研究中，應注意評量所隱藏社會特殊的價值標準，如政治、經濟及道德的涵義，探討評量背後的意識型態，才能了解教學複雜的本質。

由此可知，不同的教育研究典範，則有不同的研究取向，對教學活動的研究重點亦不同，實證主義取向重視教學法則的建立，後實證主義則強調教學意義的詮釋與理解，批判理論主義則強調社會意識型態的解構、建構與再建構，建構主義重視教學主體與建構意義的彰顯。

四 教學研究典範

教學研究依其研究理論、研究典範、研究旨趣、研究環境和研究時代的改變，已歷經數次的典範轉移。Anderson（1996）指出，自1960年代以來，其中有六個可以作為教學研究理論的規準，分別是過程－結果（process-product）典範、過程－結果修正典範、人種誌典範、教室生態學典範、教學心理學典範和性向－處理互動教學

法典範等六種。

㈠過程－結果的研究典範

過程－結果研究盛行於1970年代，其理論係受到實證論的影響，強調社會結構、社會組織的規範性，將能力、成就機會、社會階級視為理所當然。因此，研究重點在於師生之間的交互作用，重視教師行為對學生學習成就的影響，研究過程將教師行為、學生行為和成就等加以量化，以探討實驗變項之間的關係或實驗成效。

㈡過程－結果修正典範

此典範著重於與師生有關、介於教師行為與學生學習結果之間中介因素，不侷限於教師與學生的外顯行為。其中包括如學生的認知、教師的認知、教師教學決定、學生的學習時間與機會等層面。

㈢人種誌典範

人種誌典範視教室為一個複雜的學習環境，其興起係為匡正自過程－結果研究模式以來，過度科學化、理論化與簡約化的問題。以人類學、社會學與社會語言學的角度，來探討教室中教師教學與學生學習的情況，透過他者立場和圍觀角度，來分析與詮釋教學真實的情況與問題，可以避免科學實證研究典範的過度簡化問題。

㈣教室生態學典範

教室生態學研究通常關注教師班級層面的教學事件及活動，透視教師如何將形式課程轉化為實質課程，如何教學、如何與學生互動、學生如何學習等，重視教師與學生之間的互動過程和社會脈絡，屬於質性研究中的微觀分析。此派點亦視教室為一個複雜的學習環境，其中包含多元且同步呈現的刺激物，學生必須發展出知覺上與認知上的學習策略以為因應。它強調學生可能採用的認知策

略，和因應班級環境對學習的要求。此派強調學生的學習不僅是個人建構的內在歷程，而且是在學生同儕之間與情境脈絡不斷互動的歷程，學習是在複雜的情境脈絡下的交互作用歷程。

㈤教學心理學典範

係指學生的學習與教師的教學行為有很大的密切關係，教師可以應用行為改變技術、互動式教育科技與教學設計等方式，來解決教室中教學與學習的困境。

㈥性向－處理互動教學法典範

此一典範延續教學效能的研究取向，但聚焦於教學方法上，強調如何針對特定學生給予特定而有效的教學方法。

由此可知，教學研究典範隨著時空與情境脈絡的差異而有不同的典範形成，而不同典範概念雖有助於理解複雜的教學活動與相關的教學研究，但我們也不應過度依賴並做不必要與兩極化之區分，而產生矯枉過正問題；應從實際教室中師生互動的歷程來切入與理解，才不至於狹隘地受限於各種派典的觀點，使教學研究流於空洞與形式主義。

五　教學研究方法論的類型

研究方法論的探討，有助於研究者體察自身的想法與作法，深入反省研究過程中，研究者所持的哲學觀、理念、信念及內隱理論，以增進研究過程的可靠性與真實性，並藉此了解研究領域本身的視野與限制（林進材，1997）。以下分別將較為常用以及可能被採用的研究方法，作概括的分析與介紹，整合論述各類的教學研究方法。

㈠歷史研究法

歷史研究法的目的，在於研究過去發生的事件，從錯綜複雜的歷史事件來發現事件間的因果關係以及發展的規律，以便作為了解現在和預測將來的基礎（王文科，1999；李奉儒，1999；郭生玉，1994）。以下分別說明歷史研究法的特性與限制，並以一篇博士論文舉例說明如下：

1 特　性

歷史研究的功能，在於了解史實的真象，探討歷史事件的因果關係及演進的軌跡，讓教育者能從過去的研究發現錯誤，以確認教育改革的需要和了解發展趨勢及預測未來（王文科，1999；郭生玉，1994）。歷史研究法的特性，包括：⑴研究對象是已發生的教育史實，是不可重複的，又具發展性的教育事實。⑵因史實眾多，史料浩瀚，故重視歸納法，又因採集的證據是史料，史料的真偽互參，故格外強調史料的鑑定。而歷史研究法的研究過程，綜合專家學者的論述，大致上包括問題擬定、資料蒐集、資料鑑定、分析與解釋、報告撰寫等五個步驟（王文科，1999；周文欽、周愚文，1988；郭生玉，1994；黃光雄，1987；Borg & Gall, 1989；Gay, 1992）。

歷史研究法的過程，並沒有一成不變的步驟，往往因為新史料的出現，修正了研究者原來的假設，改變研究者目前的工作進步。因此，歷史研究法係指有系統的蒐集及客觀的評鑑過去發生之事件的資料，考驗事件的因、果或趨勢，俾提出準確的描述與解釋，進而有助於解釋現況以及預測未來的一種歷程。

2 限　制

歷史研究法也有一些限制，周文欽、周愚文（1988）引用 Best

（1977）綜合各家的見解，指出歷史研究不是科學，主要是因為歷史研究有下列的限制，包括：⑴科學的目標是預測，但是歷史研究不能以過去的事件為基礎，予以普遍化。⑵必須依賴他人的觀察報告，經常要對可疑的能力與可疑的客觀性，予以證明。⑶經常以不完全的證據為基礎，推論已發生的和為什麼會發生，來填補空白。⑷歷史不能在封閉的系統中操作；既不能控制觀察的條件，也不能操縱重要的變項。

歷史研究法應用於教學研究之中，即是蒐集過去有關教學事件的相關史料，加以分析整理，以說明、解釋所欲探討的教學事件或主題的來龍去脈，得以了解教學活動進行的歷史背景與情境脈絡，釐清其因果與預測未來趨勢，並作為改進教學活動的參考和依據。然而，由於受限於史料的完整性、史料鑑定的信度與信度，以及研究者受個人主觀因素的影響，分析解釋結果時較缺乏客觀性，使得教學研究較少採用歷史研究法，研究成果也相當有限。

3 論文實例

以陳芳茹（2006）所撰寫的「臺灣社教體系中的家庭教育發展歷程」博士論文為例，研究者為了探討臺灣社教體系的家庭教育發展歷程，因此以採用歷史研究法進行研究，透過文件、數量紀錄及口述史進行資料蒐集，並建立生命歷程理論為論文的分析架構。研究分析的結果發現，家庭教育的發展歷史軌跡有：「親職教育」、「學習型家庭」與「家庭教育法治化及專業化」家庭教育推展三大重點階段，也提出了家庭教育的「推展體系」與「推展成果」宜有連續性，並釐清家庭教育推展的過程中，有政策與經費、大學教授應用學術專長、民間人士運用民間組織力量、中央及地方行政部門資源、各縣市中心專職人員及志工的大量資源的投注。在研究論文中，作者針對家庭教育發展的全程觀點、社會背景及地理區位觀

點、家庭教育推動專業人力觀點、掌握推動時機的觀點及全國推動
工作系統的連結提出建議。

(二)調查研究法

調查研究是研究者採用問卷、訪問或觀察等技術，從母群體成
員中，蒐集所需的資料，以決定母群體在一個或多個社會學變項或
心理學變項上的現況，或諸變項之間的關係（王文科，1999）。調
查研究法的主要目的，在探討教育現象的實際情況，以作為研擬教
育計畫、改進教育現況、解決教育問題，並作未來改進方案之參
考。以下分別說明調查研究法的特性與限制，並以一篇博士論文舉
例說明如下：

1 特　性

調查研究法的種類極為繁多，依目標、性質、對象、方式、時
間等的不同，而有不同的種類。如依研究目標區分為描述性調查與
解釋性調查；依研究變項的性質來分類時，可分實況調查與調查研
究兩種；依研究團體的性質來分類時，分為樣本調查與群體調查；
依研究資料的蒐集方法分類時，則分為問卷調查、訪問調查、觀察
調查；依蒐集資料時間的長度分類時，則分橫斷式調查與縱貫式調
查（王文科，1999；楊荊生，1993）。

依Babbie的看法，調查研究法至少具備四大特性（蔡保田等，
1989），包括：⑴邏輯的，係指研究方法的設計與實施，依循邏輯
的理論逐步進行。⑵決定性的，係指在自變項與依變項之間，依照
一定規則進行。⑶一般性的，係指研究結果信度與效度較高，能推
展至一般性的研究。⑷特殊性的，係指經常對某一問題作特別的討
論或研究。

至於調查研究法的過程大致包括七個主要的步驟，包括：⑴界
定研究目的與目標；⑵選取資源與母群體；⑶選用蒐集資料的工

具；(4)草擬假設與尋求證據；(5)實施研究設計與結果分析；(6)資料處理與討論；(7)撰寫結論與建議（王文科，1999；蔡保田等，1989）。

2 限　制

調查研究法雖然在教育研究中極爲重要，仍有一些限制。調查研究法經常受到時間、經費、人員、樣本大小、交通困難等的限制，無法根本消除誤差，達成最完美的效果。整體來說，調查研究法是應用適當的調查工具（調查表、問卷、訪談、觀察），探討各種教學歷程的相關變項，釐清其變項之間的關係及交互作用。調查研究法一般被歸納爲「過程－結果」量化的教學研究，廣受研究者的採用，是教學研究最常使用的一種研究法。應用調查研究法於教學研究時，需澄清其研究結果只能解釋變項之間的關係與現象，無法解釋其因果關係；同時需注意調查工具的良窳，以免造成研究結果的偏差。

3 論文實例

以龍震中（2005）撰寫「不同學習風格在物理概念特徵提取能力、配對能力之相關研究～以國小六年級學生爲例」博士論文來說明，研究者爲了解國小六年級學生對物理現象的共同特徵提取能力、物理現象的配對能力與學習風格之現況，並試圖釐清物理現象的共同特徵提取能力、物理現象的配對能力與學習風格之間的關係，因此採用調查研究法，來調查高雄縣市326位六年級的國小學童，以達到研究的目的。爲了進行調查研究，研究者編製了量表，並運用了統計方法來完成研究，其以自編之「物理現象的共同特徵提取能力量表」、「物理現象的配對能力量表」等二份量表與譯自Hermann《學習風格量表》爲研究工具，使用描述統計、T考驗分析、單因子變異數分析等進行考驗。最後的發現爲不同性別的國小

六年級學童在物理概念的特徵提取和配對分數並無顯著差異。

㈢個案研究法

個案研究法運用在教育研究上已有很長的一段時間，也廣泛的運用在其他的研究領域，例如臨床心理學、個別差異的研究（Borg & Gall, 1989）。個案研究法主要在於了解被研究的單位或個人，重複發生的生活狀態、生活事項、生活事件，或各種結構之間的重要脈絡，進行深入其境的探究與分析，形成研究解釋，以描述各種事件在變遷、改變或成長的影響因素及發展的現象（林進材，1999）。個案研究法係以一個個體，或一個組織體（如一個家庭、一個社會、一所學校，或是一個部落等）爲對象，進行研究某項特定行爲或問題的一種方法，並以具有代表性的個別團體爲對象，仔細分析樣本的資料，務期從中獲致結論（王文科，1999；陳榮華，1987）。以下分別說明個案研究法的特性與限制，並以一篇博士論文舉例說明如下：

1 特　性

Gall（1996）認爲個案研究是從涉入自然脈絡中感到興趣之過程、事件、人士或事物的參與者觀點來深入了解其情況，並指出個案研究有四項特性：⑴焦點置於特定的事實或情況，來研究現象；⑵對個案作深度研究；⑶在自然環境中研究現象；⑷研究個案參與者內觀的觀點（王文科，1999）。個案研究的對象通常都具有代表性或特殊性，在研究對象選擇時採用立意抽樣方式。個案研究法的途徑與縱貫式研究相類似，都需要透過漫長時間的蒐集資料。其研究過程大致包括五個步驟：⑴敘述目標；⑵設計研究途徑；⑶蒐集資料；⑷資料組織；⑸撰寫研究報告並討論結果（林進材，1999）。個案研究法的詮釋性研究取向，異於量的研究，給予教學研究另一新的研究取向，更加重視研究結果應用於實際教學歷程

中，促使教學理論與實務工作更能產生連鎖效應，也使教師 對「教師即研究者」的理想深具信心（王文科，1999；林進材，1999；陳榮華，1987）。

2 限　制

個案研究法在教育研究中應用時，也有幾點限制（楊荊生，1993），包括：(1)研究結果缺乏普遍性。無法推論到研究以外的其他個案，樣本缺乏代表性。(2)個案研究易流於主觀的偏差。這種偏差來自於研究者先入為主的觀念及研究者選擇符合研究者預期結果的個案。(3)確定和個案有關的因素相當困難。個案研究法在教學研究上的應用，通常是屬於微觀的教學研究，研究者著重於某一特定的團體、對象或某一特定的問題、主題，實際融入教學情境中，長時間的蒐集教學現場資料，以了解教學過程中整個情境脈絡及相互關係。

3 論文實例

以王雅觀（2005）撰寫「國中教師應用科技之教學歷程探究：地理科教師應用教學科技之個案研究」博士論文來說明，研究者為了解一位臺北市國民中學地理科教師的應用科技教學歷程，因此採用個案研究法，進行半結構式的直接觀察與訪談研究。研究結果發現個案教師的「教學效能」與「教師與學習者成就關係」兩大教學信念，且逐漸釐清了影響個案教師應用教學科技的因素有：(1)人格特質：追求成長、關懷學生，(2)實際工作經驗才是真正的關鍵影響因素。個案教師應用教學科技所遭遇困難有：教學準備時間不夠、欠缺研究應用教學科技的團隊、教學資源取得不易、資訊能力有限、數位落差明顯，以及應用科技同時產生限制。

㈣內容分析法

Berelson認為內容分析（content analysis）是一種以客觀的、系統的，以及量的描述明顯的傳播內容的研究技術（王文科，1999）；內容分析是資料轉換的一種方式，依據資料的內容，透過立項分類的規則，以客觀而系統化的步驟，把文件內容所傳達的訊息，作為比較與推論的依據，進而探究有關的研究主題（席汝楫，1997）。因此，內容分析法可說是透過量化的技巧以及質的分析，以客觀及系統的態度，對文件內容進行研究與分析，藉以推論產生該項文件內容的環境背景及其意義的一種研究方法（歐用生，1991）。以下分別說明內容分析法的特性與限制，並以一篇博士論文舉例說明如下：

1 特　性

內容分析法是將蒐集、採用的資料，依據立項分類的規準，客觀而有系統的分析出其中所代表的意義或隱喻的趨勢。內容分析法應用於教學研究上，通常是在分析課程或教材的內容特徵上；在分析教學行為與教室生活時，經常和其他的研究法相互配合使用。

而內容分析法有下列四項特性（歐用生，1991），包括：⑴內容分析的資料極為多元，分析的文件來源包括說、問、視、聽覺方面的，多元而廣泛，蒐集資料的彈性極大。⑵內容分析主要在分析傳播過程中的六「W」：①誰─訊息的來源；②說些什麼─訊息的內容；③說給誰─訊息的接受者；④如何傳播─訊息的傳播技巧；⑤有什麼影響─訊息的效果；⑥為什麼─傳播理由。⑶量的分析與質的分析並用：內容分析是一種量化的分析過程，但同時也以傳播內容「量」的變化來推論「質」的變化。⑷內容分析是科學的研究方法：內容分析法強調系統性和客觀性，同時也作信度、效度考驗。

內容分析法的研究步驟如下：⑴擬定研究目的；⑵形成研究問題；⑶確定群體；⑷選取樣本，以決定研究對象；⑸決定分析單位；⑹界定分析類別；⑺建立計數系統；⑻考驗信度、效度；⑼內容編碼；⑽蒐集與分析資料；⑾解釋與推論；⑿撰寫研究報告（王文科，1999；王石番，1993；吳明清，1991；歐用生，1991）。

2 限　制

內容分析法的限制包括：⑴相關的研究事件容易流失，資料的保存不易；⑵文獻資料難免會有誇張，甚至夾雜個人偏見；⑶易有抽樣偏差發生，即是文獻提供者的教育程度、溝通能力、當時的見解及情境脈絡等都容易影響研究的進行；⑷文獻大多缺乏標準的格式可循，文獻的蒐集困難度較高；⑸研究編碼困難，造成文獻整理上的困擾（王文科，1999；林進材，1999；林瑞榮，1999）。

3 論文實例

以張素偵（2005）撰寫「國民中小學校長變革領導模式之建構」博士論文為例，研究者為建構國民中小學校長變革領導模式，對當前國民中小學校長變革領導情境、變革領導者與變革領導行為內涵、變革領導評鑑與回饋等文獻分析，結合校長變革領導之成功實務經驗，來達成模式建構的目的。資料蒐集上採用訪談法、觀察法及焦點團體法，在資料的分析上採用內容分析法，訪談對象為臺北縣市十三位變革領導成功校長，觀察對象為十所變革成功學校，隨機訪談對象為四位教職員工、十二位學生、四位家長、十三位社區人士，專家諮詢對象為五位對國民中小學校長變革領導主題學有專精之學者，經前導式研究、試訪、正式訪談、專家諮詢座談等步驟，歷經三次修正模式，最後形成「國民中小學校長變革領導模式」。

㈤俗民誌研究

俗民誌研究法〔ethnography〕，有些學者譯爲人種誌方法或是民族誌研究法，俗民誌研究可說是交互作用的研究，在田野作密集時間的觀察、訪問與記錄的過程；即針對所選擇的場所，就自然發生的現象而作的研究（王文科，1999；楊荊生，1993；歐用生，1991；劉錫麒、鍾聖校，1988）。以下分別說明俗民誌研究法的特性與限制，並以一篇博士論文舉例說明如下：

1 特　性

俗民誌是在描述一個種族或一個團體中的人的生活方式，重視他們原本的面目，敘述他們如何行動，如何交互作用，其意義爲何，如何加以詮釋等問題。其目的在發現他們的信念、價值、觀點和動機等，而且要從團體成員的觀點，來了解這些信念和價值如何發展和改變（歐用生，1989）。俗民誌研究是一種質的研究取向，應用於教學研究時，通常是在實際的教學環境中，深入描述教室中各種教學活動現象，研究所欲探討之研究變項，是在研究情境、過程中發現的，相反於量的研究，事先明定所研究之變項再進行研究（王文科，1999；楊荊生，1993；劉錫麒、鍾聖校，1988）。因此，俗民誌研究法更擴展了教學研究的領域，教學研究更能深入實際的教學情境中，更彌補了量的研究所不足之處。

歐用生（1991）將俗民誌的歸納以下特性，如：⑴微觀的教育研究，主要在觀察師生具體的交互作用，分析師生行動所依據的常識規則，以了解學校內部的生活及其意義。⑵質的研究，主要是在探討問題在脈絡中的複雜性，多用參與觀察、深度訪問等方法蒐集資料，不以統計的程序來處理。⑶研究自然的情境，研究者並不企圖操縱研究的情境，研究情境是自然發生的情境、關係或交互作用，研究者並未預定途徑。⑷研究程序的彈性，沒有固定的程序，

研究者隨時發展一套策略或技巧，以便組織、管理和評鑑資料。(5)資料蒐集途徑是多元：資料來源包括說、問、視、聽、感覺方面的，蒐集被認爲「主觀的」、「印象的」、「逸事紀錄」的資料。

2 限 制

俗民誌研究的限制，可歸納爲以下六點（楊文玲、林淑美，1989），包括：(1)一個稱職的觀察者，需要進一步接受觀察技術的訓練。(2)整個研究常需耗費大量時間與金錢，再者，經由長期研究的結果，不易複製。(3)觀察而作的紀錄冗長而繁雜，不易量化及詮釋。(4)觀察是主觀的，無法查核其信度，觀察者的偏見或先入爲主的觀念，可能影響研究的發現。(5)教室事件的觀察，欲求一一完備記錄下來，甚爲困難。(6)觀察者往往成爲研究環境中的主動參與者，可能造成角色衝突或感情投入，影響觀察的客觀性，因而降低所蒐集資料的效度。

3 論文實例

以黃玉幸（2005）撰寫「校務評鑑實施歷程組織文化現象與變異之研究」博士論文爲例，其研究目的在於敘述學校人員面對校務評鑑時，在參與自我評鑑、準備外部評鑑、改善評鑑結果等過程，如何進行內部整合與外部適應互動中，形成學校人員因應校務評鑑的共同行爲及其意義。運用俗民誌研究，以扎根理論爲資料編碼策略方法，來探究校務評鑑實施歷程學校人員實際行爲之意義，以高雄市2004年十八所接受校務評鑑的國民小學爲第一階段研究場域，第二階段則以2005年芊芊小學接受校務評鑑期間2月至11月爲研究場域。研究發現爲：精美包裝學校以彰顯教育成果，以感性圖文策略行銷學校，柔化評鑑的威權效應，同甘共苦度過評鑑歷程，此爲學校人員在校務評鑑實施歷程組織文化之「現象」。

㈥相關研究法

相關研究法是採用各種相關統計法，探討各實驗變項之間的相關聯情形，作為預測，或了解因果關係的線索。易言之，相關研究法是從蒐集的資料中，決定二個或多個可被數量化的變項之間是否有因果關係存在（林進材，民88）。所以，相關研究法係採用各種相關統計，探討變項之間的關聯情形，作為預測，或了解因果關係的線索（吳明清，1991）。

從事相關研究的基本要領有二：一是確定變項，作為蒐集資料的依據；二是依據變項的數量與性質，選擇適當的統計方法來處理資料（吳明清，1991）。相關研究可分成關係研究以及預測研究兩種，每一種皆有獨特性，但是其研究基本歷程相當類似，大抵分成問題的選擇、樣本與工具的選擇、設計與程序、資料的分析與解釋（王文科，1999）。以下，分別就其限制和舉例說明如下：

1 研究限制

林進材（1999）指出，應用相關研究法時，必須了解研究本身的限制，包括：⑴進行教學的相關研究時，容易使用不正確的變項相關係數而影響研究成果。⑵預測研究或關係研究時，無法發展出令人滿意的效標數量。⑶相關的教學研究，僅能了解各種教學變因之間的正相關或負相關情形，對於因果關係則無法提出較合理的解釋。

2 論文實例

以陳博政（1982）的碩士論文為例，其研究基於國中教育目標及教育機會均等原則，試圖從學生的知覺和教師的實際教學情況來探討國中能力分班、教師期望與教師教學態度的關係。因此，以相關研究法了解教師於不同能力層次班級（前後段班）中所表現的教

學態度，以及對學生所形成的期望；並探討在能力分班制度下，教師期望與教師教學態度的關係。

而根據其研究結果發現，在能力分班制度下，教師對前段班學生的期望高於對後段班學生的期望；前段班學生知覺到教師對他們的期望，高於後段班學生知覺到教師對他們的期望，而學生知覺的教師期望亦高於教師期望本身。其次，教師所表現的教學態度，除「教學過程」與「教學材料」二因素外，其餘各因素及整體的教學態度皆優於學生所知覺的教學態度。

總之，相關研究法是運用適當的統計法，來探討研究變項之間的關係，而在教學研究上的應用，通常運用在教學各種變項之間關聯性的探討，包含所要研究的教師行為與學生行為二者之間的發生情境。然而，相關研究法所探討的變項間有關係存在，並不意味彼此之間有因果關係存在，如果變項間的關係不高，則無須作進一步的考慮，如果變項間的關係很高，可進一步以因果─比較研究或實驗研究探討其是否有因果關係存在。

(七)實驗研究法

實驗研究法是唯一能真正考驗有關因─果關係之假設的方法，也是解決教育上理論的與實際的問題（王文科，1999）。所謂的實驗研究法（experimental method）是指研究者在控制足以影響實驗結果的無關干擾變項之下，探討自變項與依變項之間是否存在有因果關係的一種研究方法（林清山，1991）。而實驗研究法係為有效了解其因果關係，通常具備下列四個要點、幾個程序和其限制，並舉論文實例分別說明如下：

1 應具備的四個要點

林清山（1991）指出，進行實驗研究法時，應具備四個要件，包括：(1)「操弄」自變項，使其產生系統的改變。(2)「控制」自變

項以外的無關干擾變項，使其保持恆定。⑶「觀察」依變項是否隨自變項的改變而改變。⑷如果依變項隨著自變項的改變而改變，才可下結論說自變項與依變項之間具有因果關係。

2 應經過的程序

林清山（1991）指出，進行實驗研究法時，應經過下列幾個程序，包括：⑴決定實驗目的。⑵提出實驗假設。⑶界定變項。⑷準備實驗或測驗器材。⑸控制干擾變項。⑹選擇實驗設計。⑺受試者的抽樣和分派。⑻決定實驗步驟並依計畫進行實驗。⑼資料的統計分析。⑽根據實驗證據撰寫研究報告。

3 研究限制

另外，實驗研究法應用在教學研究上也有一些研究限制（楊荊生，民82），包括：⑴人類行爲變異相當大，較難控制。⑵實驗者基於安全或人道的理由，自變項的操縱受限制。⑶實驗情境人工化，失去人類生活的現實性。⑷無法採取大規模的樣本。⑸大多數只注意工具的信度和效度，而忽略研究的性質，造成「工具第一」的執迷和偏差，而且有時候合適的測量工具亦難求。⑹實驗期間費時費力而又不容易獲得配合。

4 論文實例

卓立正（1985）以實驗研究法，探討微電腦輔助教學在教育方面的應用理論及未來發展的可能性，隨機抽樣隨機指派方式將樣本分成三組，實驗組⑴：接受獨立式微電腦輔助教學，實驗組⑵：接受輔助式微電腦輔助教學，控制組：接受傳統式教學等方式，進行實驗假設考驗，研究後得到的研究結果，發現認爲未來高職欲實施微電腦輔助教學時宜採輔助式，並建議成立微電腦輔助教學實驗學校，進行實驗。

由此可知，實驗研究法應用於教學研究上，大多是在試驗新的教材教法、教學策略，操作新的教學情境，由於舊有的教學情境中無法獲得相關資料以驗證新的教學方案成效，即藉由實驗研究法來檢驗新舊兩者之間的差異與顯著性；有時亦是在驗證各種教學法應用於實際教學情境中，所產生之效果及其實施之優缺點與時機。然而，實踐研究法應用於教學研究中，無法完全像自然科學實驗一樣，在實驗室中完全控制實驗變項，需考慮教學的複雜性、個體的獨特性與情境的不穩定性。

(八)行動研究法

行動研究是指情境的參與者基於實際問題解決的需要，與專家、學者或組織中的成員共同合作，將問題發展成研究主題，進行有系統的研究，以講求實際問題解決的一種研究方法（陳伯璋，1988）。行動研究的意義，可以從實務觀點、實務反思、專家觀點與專業團體觀點加以說明（蔡清田，1990）。行動研究強調研究和行動的結合，研究過程的多元參與和共同合作，其目的在解決實際的問題，同時在研究過程中，使執行者的研究能力得以改善（楊荊生，1993）。以下分別說明行動研究法的特徵與限制，並舉例說明如下：

1 行動研究法特徵

根據專家學者之論述，歸納出行動研究法有下列幾項特徵（陳伯璋，1990；陳惠邦，1998；張世平，1991；蔡清田，2000），包括：(1)行動研究以解決問題為導向。(2)主要從事行動研究的人員就是實際工作的人員。(3)從事研究的人員就是應用研究結果的人員。(4)從事研究的環境就是真實的工作環境。(5)行動研究結合了對問題的「研究」與「解決」。(6)行動研究有時需仰賴專家的協助，唯專家只是從旁指導。(7)行動研究過程採取共同計畫、執行與評鑑的方

式進行。⑻研究的問題或對象具有特殊性。⑼行動研究的計畫是屬於發展性的計畫。⑽行動研究獲得的結論只應用於工作進行的場所，不作一般性的推論。⑾研究結果除了使現狀獲得改進外，同時亦使實際工作人員獲得專業成長之機會。⑿評論行動研究的價值，側重於對實際情況引發的改善程度，而不在於知識量增加之多寡。

教育行動研究其主要目的為解決現實情境中的教育問題，所提出的行動方案，需經由實際實施、觀察、反省評估，如問題尚未解決或是問題解決後發現新的問題，則應重新規劃新的行動方案，重新實施、觀察、批判反省，形成一個循環的歷程，直到問題獲得解決、改善。

2 行動研究法的限制

行動研究應用在教學研究上時，還是會有若干不易克服的困難和限制（陳伯璋，1988），如：⑴研究的品質不高，研究取樣及變項的控制較鬆散，研究內在、外在效度均低。⑵教師在「研究」和「教學」角色扮演上很難調和，教師的教學與行政工作負擔已很重，很難同時兼顧研究與教學。⑶協調上的困難，教師和學者專家間合作，在時間及研究工作負擔上不易配合。⑷研究的自行應驗效果，由於行動研究者又是實際工作者，很難客觀而正確地診斷出問題進而研究。

3 論文實例

鐘淑芬（2004）的「教師計畫因應教學兩難困境之行動研究─以國小六年級社會學習領域教師為例」，以自己本身為研究對象，採用行動研究法，進行教師計畫因應教學兩難的行動研究。其目的是了解教師面臨兩難困境的心理思考及解決行動的過程。透過這些歷程的運作，幫助教師解決教學歷程中可能遇到的各種教學問題，使整個教學活動更順暢，並增進學生學習的效果。其研究結果與發

現說明如下：

(1)**在問題發現階段**，教師若能提昇專業能力，發揮專業自主
　　權，就能減少課程教材方面的兩難。其次，透過教學省思，
　　建立活動、教學、管理與計畫等慣例，會使教學活動順暢。
　　至於改善教學環境，充實教學設備，培養運用教學資源的能
　　力，也可減少組織環境方面之教學兩難。

(2)**問題形成與解決階段**，教學前的教師計畫應該經過深思熟
　　慮，過程中更應該發揮教師計畫調整的功能，而不同經驗的
　　教師形成解決策略歷程亦不同。

(3)**實施、評鑑與慣例化階段**，本階段的考量因素，除了教學
　　省思外，還透過學生反應、家長意見、協同教師回饋、學生
　　表現、教學順暢、兩難解除、改善行為等線索，來評鑑兩難
　　困境是否解決。在本研究協同教師扮演訊息的提供者、教學
　　的回饋者、問題解決策略的商議者、教學的批判者。也發現
　　家長的支持可增加教師教學的動能、意見能提供教師教學反
　　省、回饋能當作實施與評鑑的線索。

因此，鐘淑芬（2004）建議在教師方面，鼓勵教師反省自己的
教學信念，充實專業知識，實施教師計畫，重視教師思考研究；在
學校行政方面，改善教學環境，傳承教學經驗，獎勵教師進行教學
相關研究；在師資培育方面，檢視職前教師的教學觀點，引導其建
立適切的教學信念；加強教師計畫方面的課程，增進準教師的教學
能力；補強準教師編選教材、設計課程的能力；強化教師反省、批
判能力，增進行動研究的能力；最後，在未來研究方面：進行不同
領域、不同主題、不同研究方法的教師計畫後續研究，拼湊成教師
經驗的全貌，幫助教師發展專業能力。

由此可知，行動研究法是針對研究者目前所遭遇的問題，結合
「行動」與「研究」，以解決目前實際教學情境中的問題，同時也

驗證了理論與實務之間的差距。因此，行動研究法強調「教室即是實驗室，教師即是研究者」的觀念，鼓勵教師能在實際的教學情境中，進行個案或主題的研究，深入的了解整個教學的情境脈絡；應用行動研究法於教學研究中，能發揮教師的研究潛能，同時也能提昇教師的專業能力。

(九)發展研究法

發展研究法就是提供個人生理與心理各種特徵、在發展過程中所顯示的個別差異現象的研究法。研究範圍主要包括動作發展、語言發展、智力發展、社會發展、情緒發展、生理發展以及其他品質的發展等各項特質發展的資料，尚可應用於研究教育或社會現象發展的趨勢，以預測未來可能發生的情況，而作為擬定計畫的依據（郭生玉，1994）。

吳明清（1991）認為，發展研究的目的，是在探討個體一定期間內的生長型態與順序，以及因時間之不同所產生的變化。而發展研究法應用於教學研究上，大致可以採用兩種設計型式：一是「縱貫式設計」，一是「橫斷式設計」。

郭生玉（1994）則將發展研究法分為生長研究及趨向研究兩種設計，生長研究法通常又採縱貫研究、橫斷研究及輻合研究三種。縱貫式設計在不同時間測量固定研究對象的身心與發展特徵；橫斷式設計則在同一時間測量年齡不同的研究對象之身心特徵；輻合研究法是擷取縱貫式與橫斷式之優點而成的研究設計，又稱為加數縱貫研究法；趨向研究法是在探求現象過去發生的趨勢與現在所顯示的情況，藉此預測未來發展趨向。

發展研究法通常是數種研究方法的綜合運用，其中最重要者為縱貫研究、歷史研究、文件分析與調查研究等，可以對教育行政的政策有極大的價值，但也有其限制。最大的限制是有許多不可預估無法控制的因素，可能介入影響而導致預測結果失去可靠性和正確

性（楊荊生，1993）。

例如，顏麗娟（2006）以板橋區32名越南籍新住民子女為對象，探討越南籍新住民子女的語言發展能力及不同背景因素的越南籍新住民子女在語言發展方面的差異情形，研究結果發現越南籍新住民子女語言發展能力發展情況如下：

1. 語言理解能力：全體幼兒平均得分21.34、標準差4.36，百分等級39。

2. 口語表達能力：全體幼兒平均得分23.31、標準差4.43，百分等級46。

3. 語言發展能力：全體幼兒平均得分44.66、標準差7.66、百分等級46。

4. 構音能力：幼兒的年齡越大，能正確發出37個注音符號的比率越高，全體幼兒發出錯音總數為31個，平均每位幼兒發出0.97個錯誤音。錯誤音種類：ㄈ音5次，ㄩ音4次，ㄘ、ㄙ各有3次，ㄏ、ㄔ、ㄕ各有2次，ㄊ、ㄌ、ㄎ、ㄒ、ㄖ、ㄗ、ㄛ、ㄝ、ㄡ、ㄦ各有一次。構音異常型態：構音錯誤的型態大多為使用替代音，例如ㄈ音以ㄏ音替代、ㄩ音以一音替代，全體幼兒的語暢、語調、聲音、聲調能力均正常。

由此可知，透過發展研究的縱貫性研究，以了解、預測或解釋不同的學生或族群在生理或心理發展的差異情況，進而提出有效策略以解決問題，對教育發展而言是有正面的幫助。

六　教學研究方法論應注意的問題

教學是一種複雜與多面向的回饋活動，在進行教學研究時，選擇適當的研究方法，並針對研究方法的邏輯進行後設分析，將有助

於達成研究的可靠性與眞實性。因此，在進行教學研究方法的邏輯
分析，應注意下列幾個層面的問題，茲分別說明如下：

㈠質、量之間的爭辯已漸漸淡去，代之而起的是質性研究中
　不同典範之間的論辯。兩派之間不理解、不欣賞，甚至
　看不起對方研究，分裂爲彼此對立的「巴爾幹化現象」
　（balkanization）應加以避免，未來的教學研究應有深度地結
　合這兩種研究方法與結果，以收互補之效。

㈡量的研究今後可以努力的方向，包括進行隨機分組間的比較
　實驗研究、從事大規模的實驗研究、重視後設分析、把研究
　設計和統計分析的問題付諸心理計量學加以討論、研究方法
　和實務界之需求相結合等。

㈢教學研究應考量到實際教學現場的文化，以適當的溝通和理
　解方式，才能得到教師的認同，以達到教學研究的「有效宣
　稱」。

㈣教學研究不應以錯誤的、片斷的、部分的教學現場資料，歸
　納成教學理論，導致教學理論研究的失敗。另外，更不應忽
　視教學現場中的歷史意識與意識型態，才能得到教學研究材
　料的眞實性，教學研究才能成功。

㈤教學研究方法已由一元主義到多元主義，研究方法的使用必
　須考慮研究目的、研究對象等因素，才能眞正解釋師生價值
　系統交互作用的眞義。

㈥教學研究應重視「研究對象」與「研究方法」有不可分割的
　關係，教師行爲與學生學習之間並無直接、單向的因果聯
　結。

七 結 論

在教學研究上，研究者應理解採用不同的研究方法，自然產生不同的結果，因此任何教學研究應注意理論與實際的結合問題，才能達到相輔相成之效。

雖然，在1960年以前，受到自然科學蓬勃發展的影響，科學理性的實證主義成為教育研究的主流，而造成教學的研究長期以「量化」研究方式為主，但由於其將複雜的教學現象過度簡化，忽略了「教學哲學」的取向，而導致教學研究品質的低落，並無法真正掌握教學現象的價值意義。

到1980年代時，教學研究轉向重視教學意義詮釋與理解，以匡正實證取向之偏失。不過，我們應理解方法論上趨向質性研究的意義，與其側重研究的特殊性與主體意義的理解，與對於建立普遍通則的教學知識在先天上的限制。教學活動不應誤以為僅是一種單純的科學觀察或純然的科學研究，因為教學活動存在著很多不可預測的現象，教學是一種實踐藝術，富含創意、即興演出、感性，不應窄化為一套放諸四海而皆準的法則來進行教學研究。

（有關研究方法的運用與實施，請參考附錄一至九）

✎ 附錄一：臺灣地區1990～2000年教學學術研究方法分析表（林進材，2002）

研究方法	博士		碩士		總計	
	論文篇數	占分類的百分比%	論文篇數	占分類的百分比%	論文篇數	占分類的百分比%
問卷法	14	35.9%	118	33.7%	132	24.6%
調查表法	5	12.8%	19	3.8%	24	4.5%
晤談法	1	2.6%	23	4.6%	24	4.5%

研究方法	博士		碩士		總計	
	論文篇數	占分類的百分比%	論文篇數	占分類的百分比%	論文篇數	占分類的百分比%
訪問法	0	0%	15	3.0%	15	2.8%
座談法	0	0%	1	0.2%	1	0.2%
實驗研究法	12	30.8%	138	27.7%	150	27.9%
相關研究法	0	0%	0	0%	0	0%
比較法	0	0%	8	1.6%	8	1.5%
歷史研究法	0	0%	2	0.4%	2	0.4%
文獻分析法	2	5.1%	32	6.4%	34	6.3%
理論分析法	1	2.6%	8	1.6%	9	1.7%
內容分析法	0	0%	10	2.0%	10	1.9%
觀察法	3	7.7%	51	10.2%	54	10.1%
個案法	0	0%	32	6.4%	32	6.0%
行動研究法	1	2.6%	28	5.6%	29	5.4%
其他	0	0%	13	2.6%	13	2.4%
總計（篇）	39	100.0%	498	100.0%	537	100.0%

✍ 附錄二：臺灣地區1990～2000年教學學術研究主題分析表

研究主題	博士		碩士		總計	
	論文篇數	占分類的百分比%	論文篇數	占分類的百分比%	論文篇數	占分類的百分比%
教育思想與教育史	0	0%	9	1.8%	9	1.7%
課程與教學	35	89.7%	385	77.3%	420	78.2%
教育行政與政策	1	2.6%	13	2.6%	14	2.6%
教育心理學與輔導	1	2.6%	24	4.8%	25	4.7%
教育社會學	1	2.6%	30	6.0%	31	5.8%
教育評鑑	1	2.6%	1	0.2%	2	0.4%
多元文化教育	0	0%	2	0.4%	2	0.4%
特殊教育	0	0%	4	0.8%	4	0.7%
科學教育	0	0%	10	2.0%	10	1.9%
技職教育	0	0%	4	0.8%	4	0.7%

研究主題	博士		碩士		總計	
	論文篇數	占分類的百分比%	論文篇數	占分類的百分比%	論文篇數	占分類的百分比%
藝術教育	0	0%	8	1.6%	8	1.5%
大陸教育與比較教育	0	0%	5	1.0%	5	0.9%
各級教育	0	0%	0	0%	0	0%
社會教育與公民教育	0	0%	3	0.6%	3	0.6%
總計（篇）	39	100.0%	498	100.0%	537	100.0%

✍附錄三：臺灣地區1990～2000年教學學術研究形式分析表

研究形式	博士		碩士		總計	
	論文篇數	占分類的百分比%	論文篇數	占分類的百分比%	論文篇數	占分類的百分比%
本土性	16	41.0%	229	46.0%	245	45.6%
國際性（移植性）	23	59.0%	269	54.0%	292	54.4%
總計（篇）	39	100.0%	498	100.0%	537	100.0%

✍附錄四：臺灣地區1990～2000年教學學術研究工具分析表

研究工具	博士		碩士		總計	
	論文篇數	占分類的百分比%	論文篇數	占分類的百分比%	論文篇數	占分類的百分比%
自行創制	14	35.9%	199	40.0%	213	39.7%
修改借用	18	46.2%	142	28.5%	160	29.8%
未使用研究工具	7	17.9%	157	31.5%	164	30.5%
總計（篇）	39	100.0%	498	100.0%	537	100.0%

✍ 附錄五：臺灣地區1990～2000年教學學術研究對象分析表

研究對象	博士		碩士		總計	
	論文篇數	占分類的百分比%	論文篇數	占分類的百分比%	論文篇數	占分類的百分比%
學生	18	46.2%	224	46.9%	242	46.8%
教師	18	46.2%	203	42.5%	221	42.7%
學校行政單位	1	2.6%	10	2.1%	11	2.1%
教育行政單位	0	0%	0	0%	0	0%
其他	2	5.1%	41	8.6%	43	8.3%
總計（篇）	39	100.0%	478	100.0%	517	100.0%

✍ 附錄六：臺灣地區1990～2000年教學學術研究對象階段分析表

研究對象階段	博士		碩士		總計	
	論文篇數	占分類的百分比%	論文篇數	占分類的百分比%	論文篇數	占分類的百分比%
國小	24	61.5%	239	50.1%	263	51.0%
國中	7	17.9%	122	25.6%	129	25.0%
高中	2	5.1%	31	6.5%	33	6.4%
高職	3	7.7%	18	3.8%	21	4.1%
大專	0	0%	5	1.0%	5	1.0%
大學	1	2.6%	31	6.5%	32	6.2%
其他	2	5.1%	31	6.5%	33	6.4%
總計（篇）	39	100.0%	477	100.0%	516	100.0%

✍ 附錄七：臺灣地區1990～2000年教學學術研究典範分析表

研究典範	博士		碩士		總計	
	論文篇數	占分類的百分比%	論文篇數	占分類的百分比%	論文篇數	占分類的百分比%
質性研究	6	15.4%	162	32.6%	168	31.3%
量化研究	17	43.6%	180	36.2%	197	36.8%
質量統合研究	16	41.0%	154	31.0%	170	31.7%
其他	0	0%	1	0.2%	1	0.2%
總計（篇）	39	100.0%	497	100.0%	536	100.0%

附錄八：臺灣地區1990～2000年教學學術研究目的分析表

研究目的	博士		碩士		總計	
	論文篇數	占分類的百分比%	論文篇數	占分類的百分比%	論文篇數	占分類的百分比%
基本研究	1	2.6%	17	3.4%	18	3.4%
應用研究	36	92.3%	452	91.1%	488	91.2%
評鑑研究	1	2.6%	4	0.8%	5	0.9%
行動研究	1	2.6%	23	4.6%	24	4.5%
總計（篇）	39	100.0%	496	100.0%	535	100.0%

附錄九：臺灣地區1990～2000年教學學術研究使用統計方法分析表

研究方法	博士		碩士		總　計	
	論文篇數	占分類的百分比%	論文篇數	占分類的百分比%	論文篇數	占分類的百分比%
次數分配表及百分比計算	4	10.3%	43	8.7%	47	8.8%
平均數及標準差	1	2.6%	16	3.2%	17	3.2%
相關係數分析	1	2.6%	4	0.8%	5	0.9%
迴歸與預測分析	0	0%	6	1.2%	6	1.1%
Z值、T值及F值檢定分析	1	2.6%	35	7.1%	36	6.7%
卡方檢定	2	5.1%	21	4.2%	23	4.3%
變異數、多變項變異分析	17	43.6%	144	29.1%	161	30.1%
因素分析與信度分析	8	20.5%	31	6.3%	39	7.3%
其他統計方法	0	0%	20	4.0%	20	3.7%
未使用統計方法	5	12.8%	175	35.4%	180	33.7%
總計（篇）	39	100.0%	495	100.0%	534	100.0%

CHAPTER 9

研究資料的處理與分析

研究資料的處理與分析，是屬於研究結果分析與討論的部分，它是論文的論戰主軸。因此，研究者應該以「讀者可以理解的方式」將研究所蒐集的資料以及現況，作清楚明確的說明，用文字、數字、表格、圖表或其他形式，將各種事實與研究者的論證提出來。

一 研究結果分析與討論問題

㈠量化研究部分

在研究結果分析與討論方面，應該依據研究方法論的性質，作資料方面的呈現。量化的研究應該參考相關研究，並且以圖表列出方式，並且說明數字本身所代表的意義。此外，研究者在蒐集各種實務層面的現象（或數字）之後。應該透過分析討論，將數字背後的意義呈現出來。如果數字本身無法說明全部的現象，則研究者可以考慮透過其他方法（例如訪談法），補充量化研究的不足。

㈡質性研究部分

質性研究與量化研究不同點，不僅在於方法論的議題，同時在

研究結果分析與討論部分，差異性也相當大，質性研究強調的是事件本身的意義、相關的情境脈絡，因此質性研究重在詮釋、說明及各事件本身的意涵上。（有關質性研究方法論請參考本書第八章）質性研究成果分析與討論，跳脫數字的迷失而重點在於事件本身以及所衍生的意義。因此，質性研究結果分析與討論，強調講清楚說明白的方法論上。

㈢行動研究部分

行動研究是基於解決實際問題，而透過理論與方法的運用，研擬解決問題策略與方法的研究。因此，行動研究在結果分析與討論方面，與一般性的研究稍有不同。行動研究在分析與討論部分，通常分成醞釀期、規劃期、實施期與評鑑期四個階段，依據實際問題的特性，進行相關的研究結果分析與討論。行動研究的分析與討論偏向實務性的分析，相關部分請參考行動研究方面的專業書籍。

圖表的應用問題

圖表在研究結果分析與討論方面，具有將相關的結果簡要呈現的效果。因此，研究者可以透過圖表方式，將各種現實現狀透過文字說話的方式，呈現給讀者了解。在圖表的應用方面，研究技術包含統計方法的運用以及對數字背後，所代表意義的詮釋問題。有關圖表的應用以及應用的方式，請參考研究法方面的專業書籍。

一般容易犯的錯誤

一般的研究比較容易犯的錯誤是只有分析，缺乏討論。所謂研

究結果「分析」部分指的是事實的呈現，研究結果「討論」部分指的是數字背後所代表的意義。研究生在處理研究結果分析與討論時，通常只是將研究結果呈現出來，缺乏運用第二章所整理歸納的「相關研究」相互對照。第二章的「相關研究」部分，主要用意在於研究結果出來以後，作為分析、討論、論證、論辯之用。因此，在研究結論與建議方面，相對的也比較缺乏研究者意見的呈現。

 # 四　相關文獻與研究結果

㈠相關研究與研究結果的關係

　　一般的研究在文獻探討部分，相關研究的歸納與整理是相當重要的，提供研究者了解該主題在過去的研究以及研究人員的討論，作為研究進行的引導。此外，相關文獻也引導研究者在前後因果關係與邏輯上的思索，透過思考活動延伸後續討論的依據。

㈡如何運用相關研究作為論證

　　當研究結果呈現之後，需要透過相關研究的論證，以便呈現數字背後所代表的重要意義。因此，第二章文獻探討中的相關研究部分，就是第四章研究結果分析與討論的依據，研究者在研究結果列出來之後，運用相關研究將研究結果的意義凸顯出來。 例如研究結果得知，女性教師在焦慮方面的得分高於男性教師，可以了解女性教師在教學方面的焦慮明顯比男性教師高，此方面的研究與林進材（2008）的研究結果一致。

㈢缺乏直接相關研究如何處理

　　研究人員在進行研究結果分析與討論時，容易感到困惑處在於

缺乏直接相關研究，可以作為論證之依據。此方面的現象，正突顯出該研究本身的重要性，以及受忽略的現象。如果文獻缺乏的話，研究者不妨運用間接相關的文獻作為論證的參考，以強化本研究的重要性與意義性。

五 因果關係的應用

研究結果討論必須作因果關係或是可能原因的推論，將研究結果的意義作學理的分析。此外，如果研究結果解決變項的問題，研究者可以考慮作可能形成原因的推論或猜測，例如研究發現澎湖縣離島地區教師的教學效能高於本島地區教師，其可能原因為離島地區教師年齡較輕，可塑性較強並願意進行教學上的嘗試等等。如果研究方法採取質性取向研究，就沒有因果關係推論的問題。

六 研究結果的論證

(一)研究結果的論證

在學位論文研究結果的論證方面是相當重要的，此部分即可顯現出研究者在研究方面的功力。研究者可以透過論證的方式，將蒐集到的各種實際現象，在學理研究上的意義呈現出來。因而，在論證上應該要公正客觀，避免將自身的價值觀作各種的涉入。所以，研究結果是公正的、客觀的，可以反覆檢驗的。

(二)沒有顯著水準的討論

對於研究結果無顯著差異的現象，研究者應該作各種可能性的

推論，因爲無顯著差異是一般研究者最容易忽略的一環，有些時候這些現象是蠻重要的。例如，研究「教師教學困擾的形成與相關因素」議題，發現不同服務年資的教師在教學困擾的形成與因應上，並無達到顯著差異的現象。研究者應該深入了解，不同服務年資的教師何以在教學困擾上，並未因爲服務年資的不同而未形成差異的存在。如果研究者可以重視未達到顯著差異的現象，並且深入了解分析對實際層面的了解與建議，往往比有達到顯著差異的貢獻來得大。

七 綜合討論的撰寫

綜合討論所代表的意義，在於將第四章研究結果與發現作綜合性的整理。綜合分析討論必須結合第一章研究目的與研究問題，如果無法解決研究目的與研究問題的話，本研究在嚴謹性方面就會受質疑。因此，最好的方式就是以列表或畫圖方式，將研究結果簡要的呈現出來（例如表9-1、9-2），透過研究結果的呈現，可以讓讀者快速地了解研究成果。

 表9-1　國小教師教學品質分析比較

內容＼自變項	教學前的策略	教學中的策略	教學後的策略	教學理論與方法策略	班級經營管理策略
性　　　別	＊	＊			
學　　　歷		＊	＊＊		＊＊＊
服務年資	＊＊		＊	＊＊＊	
學校規模		＊＊	＊	＊	＊＊＊
年　　　齡			＊		＊

＊表*P<.05　　＊＊表**P<.01　　＊＊＊表***P<.001

表9-2　澎湖縣國小教師實施教學檔案現況之各題項分布情形表

(陳彩娥，2004)

題　項	排序最高者	次數	百分比
1.實施教學檔案的時間	一年以上～二年	59	34.9%
2.教學檔案所呈現的形式	以主題內容呈現	100	61%
3.多久更新檔案內容的資料	六個月～一年	44	26%
4.教學檔案中包含哪些基本架構	教學單元教材設計	136	82.9%
5.教學檔案包含哪些內容	教學活動設計	132	80.5%
6.實施教學檔案的目的	為教學寫下記錄	142	86.6%
7.教師如何保存教學檔案	透明活頁夾	105	64%
8.學校對於教師製作檔案是否給予支持	鼓勵但不強迫	96	56.8%
9.學校是否辦理教師同儕教學檔案分享	很少辦理	61	36.1%
10.教師是否接受過教學檔案的評鑑	否	140	82.8%
11.教學檔案如何進行評鑑	教師同儕間評鑑	12	44.4%
	教師自我檢核	12	44.4%
12.教學檔案評鑑是否定有明確的規準	規準仍不夠清楚	12	41.4%

 八　統計方法的應用與舉例

　　在研究資料的處理與分析方面，研究者應該針對研究問題的性質與特性，採用適合的統計方法，將各種現象以數字呈現出來，並且將各種現象意義化。一般而言，統計方法的應用對研究生而言，往往因為缺乏數學方面的基本能力，對統計產生相當程度的恐懼。所以，在研究所階段的課程，大都將統計方法與應用列入必修課程，指導研究生在進行學術研究時，如何透過統計程式與方法，處理所蒐集的各項資料。

㈠敘述統計與推論統計

一般而言，統計技術分成敘述統計（descriptive statistics）與推論統計（inferential statistics）。敘述統計是將一群數或觀察所得轉換成為指數，以描述資料，是以它將大量的觀察，予以概述、組織與化約，通常採用數學公式將各組的觀察化約為一些數字，以描述與資料有關的「事實」。推論統計是以部分樣本的資料，推測或預測全體母群體性質的過程（王文科，1999）。

㈡次數分配表

一般而言，次數分配表示最基本的統計方式，將各種現象所轉換的分數，轉化成為容易解讀的分配表。從次數分配表的呈現，可以快速標示出現次數最多與最少的分數，或是分配次數（參見9-3表）。

✎ 表9-3　臺南市中正國小教職員工年齡分配表

類別 ＼ 年齡	30歲以下	31～35歲	36～40歲	41～45歲	45歲以上
教　師	9人	15人	26人	23人	10人
行政人員	1人	3人	4人	5人	1人
職　員	0人	2人	3人	5人	1人
合　計	10人	20人	33人	32人	12人

㈢百分比

百分比（％）的意義為個人表現相對於全體表現的百分比，意即百分比之計算使用名次除總人數，所得的結果就是百分比。一般的研究比較少用百分比呈現，但分析實際現況與各種現象時，研究

者通常會用百分比呈現，此為最準確的方式之一（參見表9-4）。

☞ 表9-4　「雲林縣國小實施環境教育教學現況與困境之研究問卷」專家意見調查統計

層面	問卷題號	適合		修正後適合		不適合		結果	
		N	%	N	%	N	%	保留	刪除
行政規劃現況與觀點	貳(七)	8	80%	2	20%	0	0%	✓	
	貳(八)	8	80%	2	20%	0	0%	✓	
	貳(十二)	9	90%	1	10%	0	0%	✓	
	貳(十三)	9	90%	1	10%	0	0%	✓	
	貳(十四)	9	90%	1	10%	0	0%	✓	
師資現況與觀點	貳(一)	8	80%	2	20%	0	0%	✓	
	貳(四)	10	100%	0	0%	0	0%	✓	
	貳(五)	9	90%	1	10%	0	0%	✓	
教材與資源現況與觀點	貳(二)	8	80%	2	80%	0	0%	✓	
	貳(三)	9	90%	1	90%	0	0%	✓	
	貳(六)	8	80%	2	20%	0	0%	✓	
教學方法現況與觀點	貳(九)	9	90%	1	10%	0	0%	✓	
	貳(十)	9	90%	1	10%	0	0%	✓	
教學評量現況與觀點	貳(十一)	10	100%	0	0%	0	0%	✓	
教材編輯困境	參(一)	8	80%	2	20%	0	0%	✓	
課程實施困境	參(二)	8	80%	2	20%	0	0%	✓	
行政單位困境	參(三)	9	90%	1	10%	0	0%	✓	
教師自身困境	參(四)	8	80%	2	20%	0	0%	✓	
社會整體環境困境	參(五)	8	80%	2	20%	0	0%	✓	

✍ 表9-5　雲林縣實施環境教育教學規劃現況之次數分配、百分比統計表

(劉昭男，2008)

選　項	次數(N)	百分比(%)	排序
(1)融入各領域教學	132	83.5%	1
(2)納入學校本位課程	32	20.2%	5
(3)主題式的學習活動	38	24%	4
(4)隨機指導	56	35.4%	2
(5)彈性時間	42	26.5%	3
(6)其他	0	0%	6

㈣平均數及標準差

平均數是常用的集中量數之一，其算法為所有分數的總和，除以分數的次數。例如八個分數的總和是72，則平均數是9。標準差是變異數的正平方根，用來表示一項分配中分數的離中量數。在學位論文撰寫中，統計方法的運用平均數和標準差僅提供高深統計（或變異數分析）的參考。

㈤t考驗

t考驗的使用時機為在不知母群變異數的情形下，做單一樣本平均數的假設檢定。例如，研究者想要瞭解不同性別的國小教師，在教學效能量表上的得分情形是否有所差異，可以考慮運用t考驗的方式，考驗其研究假設是否達到顯著水準（參見表9-6）。由下表得知，不同性別國小教師在教學效能量表的得分情形，達到顯著水準（t =12.89，P<.001），女性教師在教學效能方面的得分高於男性教師。

表9-6　不同性別國小教師在教學效能量表考驗

性別變項	M（平均數）	N（個數）	SD（標準差）	t 值
男性教師	3.11	34	.55	12.89***
女性教師	4.17	34	.40	

***P<.001

(六)單因子變異數分析與事後考驗

單因子變異數分析（one-way ANOVA）的使用時機為1個（與 t 檢定相似）有兩組以上之組別，為獨立樣本 t 檢定之延伸。例如想要瞭解「五組不同服務年資國小教師，在班級經營策略運用上是否有顯著差異」的問題。就需要運用單因子變異數分析，處理相關的資料（參考表9-7）。在前項考驗中如果有達到顯著水準的現象，研究者可以運用薛費法（Scheffe）做事後考驗，了解主要的差異何在。由表9-7得知，不同性別、教學年資與是否參加研習國小教師在教學效能方面的差異，達到顯著水準。以不同教學年資為例，國小教師在教學效能方面因不同年資而達到顯著水準，經過薛費事後考驗法得知，服務年資十六至二十年國小教師得分高於服務年資十一至十五年教師（F = 6.77，P <.001）。

表9-7　國小教師教學效能之變異數分析摘要表

項　目	組　間	平均數	標準差	F值	事後比較
性　別	(1)男性	31.63	4.45	4.09*	(2)>(1)
	(2)女性	32.77	4.84		
教　學	(1)5年以下	32.46	4.4		
	(2)6-10年	32.53	5.12		
	(3)11-15年	31.2	5.56	6.77***	(4)>(3)
	(4)16-20年	32.77	3.88		
年　資	(5)21年以上	32.52	4.8		

項　目	組　　間	平均數	標準差	F值	事後比較
擔　任	(1)教師兼主任	32.95	4.5		
	(2)級任教師	32.05	4.68	1.944	
職　務	(3)科任教師	31.35	5.66		
有　否	(1)有	33.06	4.25	4.096***	(1)>(2)
參　加	(2)無	31.9	4.97		
研　習					

*P<.05　　***P<.001

(七)相關係數分析

相關係數是利用雙變項資料（bivariate data），可以研究相關的問題。所謂相關是指兩變項（X、Y）之間相互發生之關聯，因此，了解相關，通常有二種方式，一為繪製資料散布圖，另為計算相關係數（亦即表示相關程度強弱、相關方向異同之量數）。相關分析即試圖利用相關係數，去衡量兩變項之間的關係。並不能推論什麼，只能指出兩變數的相關程度高或低。

(八)迴歸與預測

進行迴歸分析時，研究者會先提出一個迴歸模式，其中包含依變數〔應變數、效標變數（criterion variable），通常用Y表示〕，以及一個或一組自變數〔預測變項（predictor variable），通常用Xi表示〕，而以此一自變數，或該組自變數之線性組合來預估依變數，其功能主要在解釋與預測。

(九)統計方法的運用與處理

研究生在進行學位論文資料分析與處理時，有關統計方面的運用，建議參考一般統計方面的專業書籍，針對學位論文的研究問題與性質，選擇比較適合的統計方法和軟體，進行研究資料的處理分

析。如果研究生在統計方法的運用方面，顯得比較生疏的話，可以
商請對統計方法比較熟悉的同儕給予各方面的協助。

CHAPTER 10

研究結論與建議的應用

　　學位論文的研究結論與建議，是屬於學位論文的精華篇，研究生透過研究問題的擬定，綜合歸納相關重要文獻，採用適當的研究方法蒐集各種現實資料，透過資料的相互比對與驗證，研擬學術性的結論與建議，並且針對現實問題提出處方性的建議和策略。由於研究結論與建議，是屬於原創性的部分，所以通常不會再引用相關的理論或文獻。研究結論與建議部分，可以看出該研究生的學術涵養和功力，在研究所階段是否很扎實地學習方法論的課程。

 研究結論如何下才具體

㈠針對目的以一問一答方式呈現

　　研究結論的撰寫，研究生應該依據學位論文第一章，所提出來的研究目的與研究問題，以一問一答方式作回應。例如研究目的一：探討國小教師教學效能的現況，則研究結論一，應該提出目前國小教師教學效能的現況，以回應學術研究目的。所以，研究結論的撰寫應該依照研究目的與研究問題，提出研究者蒐集資料所做的歸納與統整資料所得。

㈡針對問題以肯定句的形式回應

研究結論的撰寫形式，比較理想的是以「肯定句」形式回應。例如，研究目的如為「不同性別國小教師在教學效能方面的差異情形」，則研究結論就應該針對研究問題，提出肯定式的回答讓讀者了解，如：「國小女性教師在教學效能方面的得分情形高於男性教師」。又如，研究目的為「不同服務年資國小教師教學焦慮的差異情形」，則研究結論應該將不同年資的國小教師教學焦慮的差異情形，以肯定句方式呈現出來。如「服務年資五年內的國小教師教學焦慮高於服務年資為二十年的國小教師」。

㈢研究結論以研究者的立場提出

研究結論的撰寫應該以「研究者的立場」提出相關的研究結論，在內容的探討上儘量避免再引用相關的文獻，導致讀者無法理解哪些是研究者的觀點，哪些是重要文獻的觀點。因此，在研究結論方面，應該強調研究者的觀點以及資料分析所得的現象。除非必要，否則應該降低或減少相關文獻的摻雜。

㈣結論應扣緊建議避免過度推論

在研究結論方面，研究生應該將結論扣緊建議，避免不必要的過度推論，在研究目的與問題項目中，研究者曾經依據文獻探討，提出哪些重要的目的和問題，只要將蒐集資料所得與現況，作具體的回應即可，避免涉及其他不相干的議題，或是作不必要的過度推論。例如，研究者並未在「研究結果分析與討論」一章中探討影響國小教師教學效能的內在因素，但結論中卻提出必須重視影響教學效能的內在因素，此即有過度推論之嫌。

㈤以一分證據說一分話方式撰寫

科學研究的主要精神在於「一分證據，說一分話」，研究者應該本著學術研究的良知，將研究過程中所蒐集的資料或現象，作最真實的反應與報告，避免將資料所得過度膨脹，或是誇飾各種結果。例如，學位論文在於探討「一位國小教師教學生命史之研究」，應該針對研究所選的個案或樣本，作最真實的報導，避免將個案的教學生涯或生命史，作歌功頌德式的呈現。又如，研究過程中的個案所提出的論點，研究者僅作真實的呈現，避免將個人的價值觀以有形或無形形式，滲入研究結論與報告中。

㈥在理論與現實中作學術性分析

研究結論資料的整理，很多時候會涉及現實與理想間的掙扎問題，例如研究生在探討「新手與專家教師教學效能的差異情形」，應該會假設專家教師在教學經驗與教學實務上，會有優於新手教師的情形。如果，研究結果與研究假設剛好有矛盾之處，研究生容易產生「天人交戰」的現象。究竟是要真實呈現，或是要技巧性的掩蓋真實。其實，只要研究者將自己所蒐集的資料或是發現的現象，作真實性的報告，並且能自圓其說，研究結果都是具有學術性價值的。

 ## 研究建議怎麼寫才明確

㈠研究建議應該具體明確

研究建議的撰寫，應該和研究問題與研究目的作緊密性的結合，並且回應研究上的需要，不可以作過度的推論或說明。例如加

強教師在職進修、擴大教師編制、提升教師待遇與大學教授同等。如果研究者並未針對上述議題，作相關問題的研究與分析歸納，則上述的研究建議容易成為「泛泛之論」。研究生在撰寫學位論文時，應該秉持著「小題大作」而不應「大題小作」，否則研究結論容易導致「無限上綱」的情形。

(二)有效地連結理論與實務

研究結論與建議的學術連結，重點在於將理論與實務作緊密性的連結，透過理論基礎的分析討論，將各種實際的現象作學理的分析，透過分析提出解決現實情境問題的策略。如果研究目的曾提及研究成果，將提供行政單位、學校行政單位、教師教學之參考，則研究結論就應該依據上述單位，提出解決實際問題的方案與策略作學理性的建議，而且建議應該要處方性的，具體可行的。

(三)避免不必要推論與誇飾

研究結論應該要謹慎，將研究結果縮小並具體化，不可以將各種蒐集到的現象或是數字，作各種擴大的解釋，或是相不相關的因素，作順勢而為的連結。研究生撰寫研究結論時，由於缺乏學術研究的經驗，或是實際情境的深入了解，容易將研究結論作不必要的推論與誇飾。

(四)了解可變與不可變部分

在研究建議的研擬提出時，研究者應該了解研究變項中，可變與不可變的部分有哪些？研究結論針對可變的部分或變項，作學理性的建議。例如，研究變項中的「自變項」與「依變項」，前者通常是屬於「不可變的部分」，如性別、服務年資、年齡、學歷等皆屬於不可變的變項；後者是屬於「可變的部分」，例如教師有效教學行為，是屬於可變的變項部分。研究者可以針對後者，作學術性

的建議並提出各種有效策略。

㈤應包含進一步研究建議

在研究建議的提出方面，一般都會包含進一步研究的建議。所謂進一步研究的建議，指的是在本研究中因各種因素，而無法達成的理想。研究建議通常包括進一步研究建議，但請留意不可與本研究方法論有衝突現象，否則口試委員會反問既然進一步研究建議如此重要，研究者為何不納入正式研究中？因而形成前後矛盾的現象。例如採用問卷調查法的學位論文，在進一步研究可建議改採其他方法進行研究；採用量化研究的論文，可建議改採質性研究法。

㈥避免與研究目的相矛盾

研究結論與建議的提出，應該依據研究目的與問題，將研究過程中所蒐集到的資料或現象，作真實的說明與詮釋，並應該避免與研究目的有相互矛盾之處。研究生在撰寫論文過程中，容易因為過於投入研究中，而忽略研究結果與研究目的與問題的契合問題。

三 研究結論與建議的關係

㈠摘要式與節錄式方式

研究結論與建議的撰寫，可以透過摘要式或節錄式提出來，前者指的是將研究結果與重要現象，用簡要條列的方式，一一列出來提供讀者參考；後者指的是將研究蒐集到的資料作分析討論後，以節錄重點方式提出來供參考。其實，二者在呈現方面，是大同小異的。主要目的在於研究者透過研究結論與建議的撰寫，將學位論文研究所得提出來和讀者分享。

(二)在實際上的應用關係

研究結論與建議的關係，重點在於透過研究結論，思考如何從相關結論中，研擬解決實際問題的方案或策略。例如，有關精緻教學理論的探討，研究結果提出後，可以運用在體育教學、數學教學、語文科教學等，透過實際與理論的連結，可以提供各領域實際教學上的參考。

(三)如何進一步深入探討

研究結論的提出，通常包括如何進一步深入探討。透過研究結論與現況的分析，研究者應該思索後續的研究，如何在現有的基礎上作賡續研究的規劃設計，並且形成進一步研究的建議。因此，二者的關係並無矛盾現象，而是透過進一步研究建議，指出該研究中因為各種情境，導致研究者無法突破的現象。因此，進一步探究是相當重要的，具有拋磚引玉的效益。

(四)依據結論作相關建議

研究建議的提出和研擬，通常是參考研究結論。例如，研究者歸納「國小教師的教學效能有服務年資上的差別，資深教師教學效能高於初任教師」。因此，研究者可以在上述的基礎上，提出相關的建議供參考。在教育行政單位方面，可以建議多舉辦資深教師教學效能與經驗方面的工作坊；在學校行政單位方面，可以建議舉辦新手與資深教師的經驗傳承，以提升初任教師的教學效能；在教師教學實施方面，可以建議教師應該多向資深教師請益，以提升本身的教學效能。

(五)透過結論而研擬建議

研究結論與建議之間的關係，應該是一一對應的關係，同時也

是學理與實務相互印證的關係，研究者應該從研究結論中，將主要的建議一一條列出來，透過自變項與依變項之間的關係，提具有效性的策略供參考。

 # 如何作具體明確的建議

㈠建議應該是具體可行的

研究建議的提出，應該是要具體可行的，而不是抽象的、過於理想性的。建議的研擬應該依據實際問題的核心，而不是提出一些需要長期性的、過於強人所難的建議。例如，提供行政決策參考的建議，宜考慮經費與人員方面的問題，並且權宜現況和未來的行政運作。

㈡建議應該回應實務層面

研究建議的內容應該回應實務層面，重視問題發生的各種情境因素，避免在現有的問題中，作無關緊要的建議。例如，研究校長課程領導的議題，在建議方面卻要求學校教師應該服膺校長的課程領導，此方面的建議與現實層面是相去甚遠的。

㈢建議應該用以解決問題

一般而言，研究建議應該以解決問題為第一要務，透過建議的提出可以讓相關的單位或人員，可以透過研究建議的提出，解決實際層面所發生的問題。如果研究生的學位論文，所提出的建議無法回應實際層面的問題，則論文的價值性就會降低。

㈣建議應該具備有原創性

學位論文所提出的建議，應該是歸納相關的文獻與實際，所提出具有原創性的策略，這些策略是新穎的、具創意性的、可以解決問題的，而不是在舊有的制度與策略上，作炒冷飯的動作。換言之，研究建議不是在舊有的傳統中，提出解決策略，而是在新意中思考解決問題的策略。

 五 結論應該避免哪些迷失

㈠不必研究也可以作結論

一般研究結論最被批評處，在於研究生在結論與建議上，提出過於抽象的論點，導致口試委員提出「不必作研究也可以作結論」的批評。例如，建議加強教師在職進修的建議，是從事教育研究的研究生最常提出的論點，如果研究生的論文並未探討目前教師進修的議題，而是作教育方面的研究，該結論就會有問題。

㈡政策與策略的有效連結

學位論文提出的策略，應該與政策的執行相提並論而非背道而馳。換言之，政策與策略應該作有效的連結，如此比較具有學術上的說服力。例如，目前正實施的九年一貫課程，雖各界的毀譽參半，但研究建議如果指出「必須立即停辦九年一貫課程」，則研究建議比較無法讓人理解，或是說服相關的人員。

㈢炒冷飯缺乏解決的策略

研究建議與結論應該避免炒冷飯，或是在舊有的基礎上反覆批

評指責，學術研究之所以被重視，主要原因在於學術界對理論與實務的堅持，以及對現實政策的引導作用。因此，研究生的建議與結論應該基於理論的探索，以及實際問題的批評，提出具體可行的建議。

㈣建議應該是新穎有效的

研究建議的提出，應該是新穎的具有創意的，而且是具有效能效率的。對於實際問題的分析，可以客觀的態度與學術批評的立場，作細膩的分析與深究，針對實際問題的癥結提出學理基礎的建議。

六 參考書目的問題

㈠APA格式問題

參考書目的撰寫，應該以最新APA格式與規範為準，中文資料在前，英文資料在後，只要在正式論文或文獻有提及的資料，都應該列在參考書目上，提供讀者參考。一般研究生撰寫論文的時程相當久，因而容易在完成論文之後，整理相關文獻時，遺漏參考文獻導致降低論文的學術價值。

㈡讀者如何找到參考書目

APA格式的精神在於讀者如果對該筆資料或文獻有興趣，如果到圖書館查閱資料，可以「如何快速地找到該筆資料」，因此一般書籍要標示在「書名」上，期刊雜誌要標示在「雜誌名稱和期別」上，學位論文要標示「論文名稱」和哪一所學校的研究所學位論文上。因此，研究生在整理參考書目時，應該依據APA的共同規範，

以利後續讀者查閱資料之便利。

㈢引用過的文獻要熟讀

學位論文內文中，如果引用重要的文獻或學位論文，研究人員應該對該筆資料熟讀，並且對該研究有深入的理解。因為在論文口試時，口試委員常會要求研究生將自己的論文與相關的研究論文作分析比較，其差異性何在、價值性何在的問題。如果引用學位論文或學報研究，和本研究相當接近的部分，應該了解該研究和本研究中有何異同？本研究的特色何在？除了有助於論文相互引證比對，也有助於相關建議的提出。

㈣文獻資料的整理要領

一般研究生容易犯的錯誤是漏掉參考文獻，最好的處理方式就是在撰寫論文過程中，隨時將參考資料以電腦處理，或是用筆記本將各種參考資料記下來，以便日後整理之用。因此，隨時養成記事習慣對論文研究進度的掌握，以及重要文獻的後續整理，是研究中相當重要的工作。如果是電腦檔案，必須多複製備份，以免電腦中毒毀損檔案或遺失而造成資料的缺漏。

㈤哪些參考文獻要列進來

參考文獻的整理分類，研究者應該秉持忠實處理的態度，研究中未曾參考的文獻，請不要列入參考書目，否則徒增困擾，如果口試委員對任何一筆資料有興趣，而研究生在眾多且龐大的參考資料中無法一一熟讀，則容易造成不必要的困擾。在研究過程中，參考文獻在質不在量，在於精不在於冗。文獻的運用應該適度即可，過度膨脹引用文獻對論文品質的提升，並無直接的關係。此外，參考文獻或書籍儘量找最新版，以避免新舊版中有差異而造成研究上的差異。尤其是外文資料最容易有此種現象產生。由於研究生對外文

資料的陌生，無法辨別外文資料的重要性，因而指導教授的會談工作，就變得相當重要。

㈥人名與時間部分的處理

　　參考文獻有涉及外國作者與國家名稱時，研究生應該要特別注意，尤其是外國人的人名與中文人名的寫法是不一樣的。此外，在引用西文文獻時應該特別注意時間的問題。除非該文獻是「聖經級」或是經典著作，否則的話儘量引用最新的資料。例如，杜威（Dewey）的《思維術》（*How we think*）一書被公認為教育研究中相當重要的參考書。如果研究生引用的文獻，有過於陳舊的現象，容易被批評為對現況不了解，或是沒有認真蒐集資料。引用的相關研究，最好是近十年內的重要研究，比較具有說服力。在人名部分，國外的習性是名在前姓在後，文獻參考資料的寫法是寫姓，名字則以縮寫方式處理。例如Apple, M.，前者為姓，後者為名字。

CHAPTER 11

高品質論文具備的特質

　　學位論文的撰寫代表研究生的學術水準，同時也意味著未來的學術發展能力。在撰寫學位論文時，應該了解高品質的論文具備哪些重要的特質，透過高品質論文的特質，檢視自己的論文，使論文的品質提升並強化學術研究能力。有關高品質論文具備的特質，筆者將相關文獻歸納統整以及多年來審查學位論文的經驗，將高品質論文具備的特質，以要點條列的方式整理說明如下：

一 論文整體性方面

㈠論文主題評估方面

1. 論文題目具體明確。
2. 論文研究方向與焦點價值性高。
3. 論文研究重點具體明確。
4. 論文題目具有創意。
5. 論文題目新穎且值得進行研究。

㈡論文用字遣詞方面

1. 論文內文用字遣詞正確，沒有錯別字。

2. 論文字裡行間標點符號正確。

3. 論文用字遣詞準確。

4. 論文內容引經據典，一分證據說一分話。

5. 論文內容無贅字。

㈢中英文摘要方面

1. 中文摘要包括研究對象、研究樣本、研究方法、研究結論、研究建議。

2. 英文摘要文法正確。

3. 中英文摘要簡單明確。

4. 中英文摘要可以描繪研究面貌。

5. 論文摘要格式正確。

二 緒論、理念與摘要

㈠研究動機與重要性方面

1. 明白揭示研究動機。

2. 明確說明研究重要性。

3. 提出強而有力的說帖。

4. 整理歸納國內目前的研究趨勢與發展。

5. 整理歸納國外目前的研究趨勢與發展。

6. 明確說明本研究的主旨。

7. 說明本研究與國內外相關的研究區隔何在。

8. 說明本研究的主要價值。

9. 明確說明本研究對未來的發展意義。

10.說明研究者的實際觀點。

㈡研究目的與研究問題方面

1. 研究目的具體明確。
2. 研究目的焦點明確並可透過研究達成。
3. 研究目的與研究問題相互呼應。
4. 研究問題扣緊研究目的。
5. 研究問題本身具體明確。

㈢名詞釋義方面

1. 針對研究提出名詞釋義。
2. 名詞釋義包括理論性定義與操作性定義。
3. 理論性定義綜合國內外的文獻及定義。
4. 操作性定義具體明確。
5. 名詞釋義是公認的定義或是一般性的定義。

㈣研究範圍與限制方面

1. 研究範圍包括研究方法、研究層面、研究問題、研究變項等。
2. 研究範圍明確。
3. 研究限制包括研究方法、研究性質、研究對象、研究問題內涵、研究變項等。
4. 研究限制依據研究方法。
5. 因研究方法本身所導致的限制皆應一一列入。

文獻評述方面

㈠文獻理論基礎方面

1. 包括心理學、社會學、哲學、教育學。
2. 包括國內外對專有名詞的定義。
3. 每一小節後由研究者進行綜合討論分析並建立自己的看法。
4. 理論基礎結合主要的研究變項。
5. 理論基礎作歸納統整。

㈡意義、性質、內涵、原理原則、層面方面

1. 包括國內外重要的文獻。
2. 每一小節結束之後作綜合歸納統整工作。
3. 文獻引用最新的資料。
4. 引用具有公信力的資料。
5. 避免引用二手資料。

㈢相關研究方面

1. 結合本研究中即將探討的變項或是層面作整理與分析的工作。
2. 國內外的研究明確結合本研究的變項、問題、層面做為未來研究結果分析與討論的論證資料。
3. 相關文獻針對各變項所做的論證、推論或因果關係部分是本研究結論分析與討論的依據。
4. 相關研究不足或是無法解決的問題與變項，作清楚明確的說明。

5. 相關研究結果與本研究結果相符與相反的研究皆作有效的整理。

6. 相關研究中的建議，如果對本研究未來的建議與結論有關者，作系列的整理探討。

7. 本研究與相關研究的區隔作學理方面的探討分析。

 四 研究方法

㈠研究對象方面

1. 如果是質的研究或個案研究，必須針對研究對象進行深度介紹，包含研究對象本身的特性，如服務年資、年齡、信念、經驗、人格特質等，並且嚴格遵守研究倫理、保密性等。

2. 量化研究則採一般描述性即可。

3. 研究對象的介紹清楚明確。

4. 對研究對象保密。

5. 對研究樣本作適度的保護。

㈡研究方法方面

1. 介紹本研究的主要方法。

2. 針對研究方法所設計的理論或限制做簡要式的介紹。

3. 探討研究方法的理論基礎。

4. 明確指出研究方法本身的限制。

5. 詳細說明採用研究方法的源由。

6. 說明研究者如何處理研究限制。

7. 將研究架構列出來。

8. 研究流程作詳細的說明。

(三)研究者的背景與角色方面

1. 採寫實方式描寫。

2. 將研究者的情境脈絡作詳細的介紹。

3. 將被研究者的情境脈絡作詳細的介紹。

4. 個案研究法或比較研究法，研究對象的情境脈絡分析有一致的參考架構。

5. 研究者本身所扮演的角色作深度的介紹。

6. 說明避免研究中所謂的研究者效應或是參與者效應。

7. 研究者詳細說明信效度問題。

8. 說明研究者如何處理因本身角色與背景對研究本身產生負面效應。

(四)研究現場方面

1. 研究現場所涉及的各種因素皆必須詳細描述。例如○○國小的歷史、位置、社區特性、家長社經地位、學校校舍年代、教師年齡、性別分布等等。

2. 如果研究現場在教室，則與教室有關的各種物理、心理因素都需要描寫，讓讀者對研究現場有清楚的理解，才能讓資料或研究所在情境脈絡之下突顯出意義來。

3. 研究現場的描述具體明確。

4. 研究現場的描述遵守研究倫理。

(五)研究流程方面

1. 依據考APA最新版的規範。

2. 研究流程圖、研究架構圖、研究甘梯圖等名詞的用法正確。

3. 研究流程（或實施過程）採用研究方法或研究變項方式呈現。

4. 正確使用各種符號，例如虛線、實線、直線、雙箭號等。

㈥ 研究工具方面

1. 引用他人工具必須經過原作者同意，並且擁有簽署同意書。
2. 研究者自編工具，詳細說明編制過程、理論基礎、工具本身的信度、效度。
3. 研究工具的編制與信效度處理正確。
4. 研究工具考慮各相關因素。
5. 研究工具的使用正確。

㈦ 資料處理方面

1. 採用的統計方法正確。
2. 統計方法的運用針對研究性質、研究問題、研究變項。
3. 統計推論正確。
4. 誠實反應統計資料。
5. 統計推論正確。

㈧ 研究倫理方面

1. 詳細說明如何處理研究倫理問題。
2. 了解研究倫理的內涵並作簡要的敘述。
3. 說明研究者如何處理相關的倫理內涵，有哪些具體的作法？
4. 研究者重視研究倫理問題。

五 研究結果分析與討論

㈠研究結果分析與討論方面

1. 研究結果以圖表列出並說明之。
2. 研究結果包含分析與討論。
3. 研究結果分析與討論與相關文獻密切結合。
4. 研究結果運用相關研究將研究結果的意義突顯出來。
5. 將研究結果的意義作學理的分析。
6. 統計表的呈現方式依據APA最新版。
7. 對於研究結果無顯著差異的現象，作各種可能性的推論。

㈡綜合分析與討論方面

1. 將第四章研究結果與發現作綜合性的整理。
2. 綜合分析討論結合第一章研究目的與研究問題。
3. 將研究結果列表或畫圖表示。

六 研究結論與建議

㈠研究結論與建議方面

1. 研究結論依據第一章研究問題，以一問一答的方式呈現。
2. 研究結論在標題上以肯定句的方式呈現。
3. 研究結論的撰寫以研究者的立場方式撰寫，不再引用相關的
   資料或文獻。

4. 研究建議扣緊研究結論，並無過度推論的現象。

5. 研究建議具體，並且結合研究目的。

6. 研究建議包括進一步研究建議。

7. 進一步研究建議與研究方法論並無衝突的現象。

 # 七 論文格式方面

1. 參考APA最新版。

2. 中文在前、英文在後。

3. 研究中所有引用的文獻，參考書目中皆沒有遺漏。

4. 引用過的文獻與參考書目研究者皆正確引用。

5. 文獻引用二手資料部分少。

6. 參考書目皆為最新版。

7. 正確引用外文資料。

CHAPTER 12

撰寫論文容易犯的錯誤

　　學位論文的撰寫，是一件相當辛苦的事，尤其要邊修課程編寫論文，如果時間掌握不佳或是稍加耽擱，就會影響完成學位的時間。研究生在撰寫論文時，應該了解論文撰寫可能犯的錯誤，盡量避免錯誤的產生，而降低論文品質或延誤畢業時間。

論文撰寫方面的問題

(一)時間的運用管理問題

　　研究生在撰寫論文過程中，如果時間的掌握不佳，則影響論文研究的進度，導致在論文口試前，因為時間緊迫而廢寢忘食，身體出狀況。在論文計畫撰寫中，通常會依據論文進行的可行性，列出甘梯圖供參考。如果研究生可以依據甘梯圖的進度，進行論文的撰寫進度，就不會出現熬夜的現象。

(二)論文格式與形式問題

　　論文撰寫必須依據學術論文的規範，如APA格式的運用，才能符合一般論文規範。一般研究生比較容易犯的錯誤，是論文撰寫的格式、形式不熟，用字遣詞不佳，導致論文計畫、正式論文被

質疑。

㈢研究方法論應用問題

論文中方法論的應用，是學術論文的重點所在，研究生應該對自己的論文方法論，具備相當的學術涵養。否則的話，在考試時容易因為方法論不熟，導致口試委員一問三不知的現象發生。例如，採用田野調查法（field study）的論文，必須對該研究方法的運用和限制，具有相當程度的了解。

㈣錯別字標點符號問題

寫論文是需要長期性的努力，如果缺乏計畫性的蒐集資料，每天持續性的努力，論文撰寫完成之後，因為趕時間或是沒有做好校正工作，導致錯誤連篇、標點符號不正確，因而降低論文的品質。如果要指導教授或口試委員，幫研究生找出錯別字，或是因為標點符號不清楚，則容易降低論文的品質。如果要教授幫研究生挑出錯別字，那麼就太離譜囉！

㈤專有名詞前後不一致

專有名詞在學術論文中，占著相當重要的位置。一般的研究生容易因為專有名詞的用法，前後不一致而導致讀者的誤解，尤其是英文翻譯的專有名詞，更需要做到前後一致。如果專有名詞未統一，容易導致前後不一致的現象。

㈥文獻遺漏與引用問題

文獻資料的蒐集，通常會等資料齊全之後，才開始撰寫文獻探討，研究生如果沒有將與論文相關的文獻資料蒐集齊全的話，容易導致引用次要的文獻，而忽略重要的文獻。至於文獻的重要性，可以在會談時請教指導教授，指導教授會給予適時的引導。

㈦電腦語言的運用問題

　　研究生因為長期性使用電腦撰寫論文，因而在學位論文中容易出現電腦語言，因而降低論文的品質。比較理想的方式是在寫論文過程中，和自己比較談得來的同儕，彼此相互校正對方的論文，可以將不適當的語言或用字遣詞修正，避免降低論文的品質。

㈧論文資料的備檔問題

　　一般研究寫學位論文，大部分都用電腦建檔。研究生在使用電腦儲存資料與檔案時，應該建立多份備用檔案，否則的話，如果因為電腦因素而延誤研究進度。例如電腦中毒、電腦被竊、存錯檔案等，會影響學位論文口試及畢業時間。

二　論文撰寫進度問題

㈠畢業時間的問題

　　論文的撰寫在進度上，依據不同性質的學校和研究所而有所不同，一般碩士學位論文完成（含修課）為二年或以上的時間，有部分學校的研究所規範一定要至少三年的時間。例如中國文學研究所、歷史文研究所，都規定碩士班研究生一定要三年才能畢業。有部分學校雖未正式規範碩士學位完成的時間，但在修課方面規定每學期只能選修的學分數，以保持研究生的修課品質，形同規範研究生的畢業年限。此外，在職進修的研究生，研究所通常會規範至少需要二年半以上才能畢業。

㈡論文撰寫進度問題

　　學位論文的撰寫，研究生最容易犯的錯誤，在於論文撰寫進度掌握問題，由於研究生是第一次寫正式的論文，在論文進度的掌握方面，比較缺乏實際的經驗，不了解論文撰寫的主要過程，以及所需要的時間。下表係筆者自己撰寫論文的經驗，以及多年來指導研究生的經驗，所列的時間表，提供研究生撰寫論文參考。

✍ 撰寫學位論文所需步驟及時間表

進度項目　　　時間	預計時間	實際時間	備註
1.研擬學位論文領域	進入研究所就讀起		
2.決定學位論文方向	進入研究所就讀起		
3.與指導教授初見面	通常1至2小時		
4.商談論文撰寫構想	通常1至2小時		
5.草擬學位論文主題	進入研究所就讀起		
6.指導教授會談	通常1至2小時		
7.確定學位論文主題	決定論文領域之後		
8.蒐集相關文獻	決定論文主題之後		
9.閱讀相關文獻	約需3個月		
10.整理分析歸納文獻	約需1個月		
11.研擬採用研究方法	約需2至3天		
12.指導教授會談	通常1至2小時		
13.確定研究方法	約需2至3天		
14.提出文獻探討資料	通常1至2小時		
15.指導教授會談	通常1至2小時		
16.修訂編製研究問卷	約需1個月		
17.確定工具信效度	約需1週		
18.指導教授會談	通常1至2小時		
19.草擬論文計畫	約需2至3個月		
20.指導教授會談	通常1至2小時		

時間 進度項目	預計時間	實際時間	備註
21.準備論文計畫口試	約需1週		
22.論文計畫送印	三天左右		
23.通知口試委員	通常需時2週		
24.論文計畫口試	通常1至2小時		
25.論文計畫修正	通常1至2週		
26.進行學位論文研究	約需6個月		
27.蒐集論文資料	約需6個月		
28.分析論文資料	約需2個月		
29.指導教授會談	通常1至2小時		
30.撰寫正式論文	約需6個月		
31.完成論文初稿	約需6個月		
32.指導教授會談	通常1至2小時		
33.修正正式論文	通常1至2週		
34.正式論文送印	3天左右		
35.正式論文口試申請	約需7天		
36.通知口試委員	通常需時2週		
37.正式論文口試	通常2至3小時		
38.修正論文	通常1至2週		
39.指導教授會談	通常1至2小時		
40.正式論文送印	3天左右		
41.寄發正式論文	1天		
42.撰寫感謝函	約需1至2天		
43.指導教授會談	通常1至2小時		
44.辦理畢業手續	約需7天		
45.完成正式學位	約需1天		

附註：(1)上述時間均係參考值。

　　　(2)進度所需要的時間，可以彼此重疊。

　　　(3)進度掌握在研究生手中。

時間與進度的規劃問題

在撰寫學位論文，需要的時間與進度方面的規劃，研究生必須在進入研究所階段，就需要作此方面的規劃，而後再依據實際上的需要，調整論文撰寫的規劃。如果研究生缺乏時間與進度方面的掌握，或是明確的規劃，則容易在後續寫論文時，因為缺乏計畫而導致後遺症。因此，時間與進度的規劃，通常是研究生容易犯的錯誤。由於缺乏時間的概念與規劃，導致後來論文趕進度而影響品質。

 與指導教授聯繫問題

㈠主動與指導教授聯繫

研究生和指導教授的聯繫，是論文撰寫過程中最為重要的一項工作。如果遇到的是「放牛吃草」型的教授，研究生更要積極和教授聯繫，隨時讓指導教授了解自己的論文進度，請教授提供專業方面的意見，不要等到論文完成之後，讓教授一次定生死，如果被教授否決的話，那就容易傷感情囉！須知指導教授沒有回應也是回應的一種，如果指導教授對研究生的論文，有意見的話就會當下提出來。記住，絕對避免等到最後階段才求助指導教授，千萬不要和自己的畢業與前途過意不去。

㈡更換指導教授的問題

歷來的學長姐都會千叮嚀萬交待學弟妹，非萬不得已不要隨意

更換指導教授，除了是原來的指導教授臨時有狀況（例如退休、往生等），才要求研究生更換比較適合的教授，否則的話不要輕言換指導教授。不僅原來指導教授容易心情不好，後來需要接的指導教授也會感到怪怪的。如果需更換指導教授，研究生也要婉轉讓指導教授了解自己不得已的苦衷，以雙方都贏的策略達成任務。否則，雙方都產生芥蒂，對後續的學術發展與人際相處，會產生負面的後遺症。

㈢與教授溝通的時機

研究生尋找指導教授的時機，當然是越早越好，才可以找到對自己比較理想的指導教授，如果教授同意可以立即請他簽名，或是事後請教授補簽名。太晚和心目中理想的教授談指導問題，恐怕會因素系所的指導人數規定，而無法如願成為該教授的門下。由於教授的專長在研究所分得相當細，每個人的專業領域差異性大，所以越早決定指導教授可以讓研究生安心，同時可以提早進行學位論文方面的討論事宜。時間點過晚，不僅影響自己的進度，同時也會耽擱寫論文的時間。

㈣需要更換指導教授時

每個大學系所對於研究生與指導教授的互動關係，都訂有相關的準則。研究生需要將準則的內容，反覆閱讀並且嚴格遵守。如果需要換指導教授時，必須先了解互動準則的主要內容。通常大學校院為了規範研究生與指導教授的專業指導關係，會訂有各種準則加以規範。例如，有學校規定換指導教授，在畢業時間上需要外加一年。因此，研究生在找指導教授時，必須考慮各種現實上的因素，作相關的慎思熟慮，不要等到木已成舟才後悔想要更換指導教授。如果更換指導教授，在相關的文件與手續方面，也要完備以利後續行政方面的作業。

㈤研擬溝通計畫重要性

和指導教授的學術論文溝通，應該建立系統性與計畫性。如此，論文的進行才能確保品質，並且在計畫期限內完成學位論文。研究生容易犯的錯誤，是只顧寫論文而忽略指導教授的意見，等到論文完成之後，指導教授提出意見，才歸因爲教授百般刁難研究生。或是平時缺乏和教授溝通，不願意和指導教授請教，在論文方法論與內容上出錯，才又用各種理由作爲藉口，影響畢業時間。

五 中英文摘要問題

㈠中文格式問題

中英文摘要是學位論文的靈魂，精要地點出論文的重點。因此，論文摘要的撰寫，要考慮內涵需包括哪些要素問題。在中文格式方面，通常研究摘要必須包括研究者（含年代）、研究對象、研究樣本、研究方法、研究結論與研究建議。以簡要的方式描繪論文研究的重點，主要發現以及本身的價值性。讓後續的研究者，可以從中文摘要中了解論文研究的重點，作爲後續研究的參考。

㈡英文格式問題

英文摘要是研究生感到比較困難之處，原因在於一般研究生的英文撰寫能力比較弱。因此，英文摘要建議研究生延請英文比較好的人擔綱，避免因爲英文的誤用，弄錯研究主要的意義。此方面，可以考慮請英文教師，或對英文翻譯比較專長的人協助處理。由於學位論文的英文摘要，需要上傳到國內外學術網路資料庫中，提供查詢的功能，因而必須額外用心以免造成讀者的誤解。

㈢英文意涵問題

英文摘要的意涵，在內容方面建議比照中文摘要，包括研究者（含年代）、研究對象、研究樣本、研究方法、研究結論與研究建議。此外，英文的撰寫應該仿照國際學術論文的寫法，以及英文摘要的格式呈現，避免在英文的應用上，因誤用而降低學位論文的品質（尤其是理工方面的學術論文）。

㈣好的研究摘要

好的研究論文摘要，可以用簡短的文字點出研究的精神與特色，將論文研究的過程與結果，作清晰的說明與交代。透過研究摘要，可以讓讀者了解研究者在該研究中，所關心的焦點與問題，如何透過方法的採用，解答在研究中的疑問，如何運用理論與文獻，佐證自己蒐集的資料，並且結合理論與實務，提出各種處方性的策略。

㈤用字遣詞問題

論文摘要的用字遣詞不在多，而在於精準。內容不在於繁瑣，而在於簡要。因此，學位論文的中英文摘要，通常不會超過500字。此方面也考驗研究者的文字撰寫功力，能否用簡單的字數將研究作清楚的交代。此外，能否透過精簡的文字，吸引後續研究者的注意力，將該論文列為未來研究的重要參考文獻，包含形式（form）上的參考，以及研究方法的採用或延續問題。

六 **人際互動問題**

㈠學術資料的蒐集方面

研究人員在學術資料的蒐集上，很多時候涉及個人的人際互動問題，例如採用問卷調查法的學位論文，需要蒐集大量統計資料，以及相當多樣本的協助。研究者如何說服未曾相識的人，答應提供問卷的相關資料，以及對填寫問卷的人員的責任，都是學術研究的人際互動問題。例如，研究生寄問卷時是否附上回郵信封？在問卷上保證僅作學術分析之用，研究者並未了解填寫問卷者為何人，可是問卷上卻編號？研究人員在填寫問卷說明書上註記，填寫問卷者如對研究成果有興趣，願意在結束之後提供研究結果分享，可是事後卻食言等問題。

㈡研究過程的誠信問題

研究過程的人際互動，包括對個案研究者再三保證，絕不會無意中透露個案的資料，但論文內文卻有意無意洩漏個案的資料，例如受試者為臺南市最年輕的校長、受試者服務學校為屏東地區某大學附屬學校、個案曾經在今年（2008）榮獲大孝獎等。上述的陳述，容易在有意無意中，洩漏個案的基本資料，或是讓他人產生聯想。又如，作兩所學校課程領導的分析比較，承諾不作價值性的比較，可是研究結論卻提出甲校比乙校在課程領導上，顯現出比較優質的課程領導。

㈢研究倫理的重視問題

任何學術研究的進行，研究倫理的遵守是相當重要的議題。研

究生進行學位論文研究，應該先熟悉該研究本身的論文問題，並且在研究進行的每一個階段，都應該嚴格遵守研究倫理。研究生由於初次作學術研究，在研究倫理方面，容易因為本身對學術規範的不熟，或是處理態度過於輕忽而忽略研究倫理問題。例如，從事教師教學觀察的研究生，需要對教室教學生態有深入的了解，對於教室生態的每一個個體，都需要給予適度的尊重，如教師、學生、行政人員、家長等。筆者指導的研究生，曾因為進入教室進行觀察教學，忽略獲得家長的首肯，而被提出嚴重的抗議，此為典型的例子。

(四)研究過程的承諾問題

研究人員如果基於研究上的需要，給予相關人員的承諾，必須完成研究之後，遵守當初立下的承諾（包括書面式、口頭式承諾）。例如，研究生進行問卷信效度的測試，承諾相關人員問卷完成之後，提供相關的正式問卷作參考，等完成後卻爽約未提供資料。此外，研究過程與研究結果所衍生的倫理問題，研究生也應該一併遵守。例如，在進行不同地區教學效能的比較研究時，有關地區性與學校規模的價值性問題，不可以在正式論文中呈現，研究生應該遵守此方面的倫理。

(五)研究成果的責任問題

一般的學術研究在研究結果的呈現方面，需要考慮因為研究方法的運用，所導致的後遺症或是正負面的影響問題。研究生在處理研究結果時，可以依據客觀的角度，作分析澄清與佐證工作，但應該避免非必要的「價值涉入」問題。例如，研究城郊地區教師教學品質問題，研究結果可能呈現市區的教師教學效能得分高於郊區教師，研究結果不可以因而擴大，推論城市教師的教學比較積極努力而郊區教師教學比較消極，其中應該考慮各種影響地區教學效能的

情境脈絡因素，以及各種內外在因素。

㈥同儕他人的互動問題

　　研究生與同儕的互動關係，往往是研究所階段最被詬病的一環。由於研究所階段的生涯發展，充滿既合作又競爭的氣氛，因而在同儕的互動關係上，比較難用固定的模式相處。研究生應該以相互尊重的態度，和同儕建立一種合作、協同、相互激勵的研究氣氛，避免不必要的猜忌與阻礙的行為。例如，理工科的研究生撰寫論文過程，經常需要在教授的實驗室進行各項實驗，彼此應該相互協助合作，避免因為相互競爭而帶來各種猜忌行為。

國立臺北科技大學技術及職業教育研究所研究生學術倫理守則

　　　　　　　　　　　　　　　93年4月20日所務會議通過

　　國立臺北科技大學技術及職業教育研究所研究生應本高尚之人格，在指導教授指導下修習課程，進行學術新知之探究，致力維護學術自由，以追求卓越學術成就。本學術倫理守則條列研究生於治學處事時應有之基本態度與做法，藉此相互敦促勉勵，以達到本所之教育目標並符應社會期許。

一、以敬業之態度參與學術研究活動，拓展學術新知。

二、遵守本校學則及本所研究生修業要點等學術相關規範。

三、尊重指導教授於學術指導上的專業意見，並與本所師生和諧
　　互動。

四、本於誠信與良知進行研究工作，不受制於任何不當外在壓力
　　或誘惑。

五、不捏造、竄改研究資料，或不當引用他人資料。

六、妥善紀錄並保存相關資料，並適時提供相關人士檢驗或查
　　考。

七、週密思考分析研究結果，包括與研究前預期不符之發現。

八、研究著作引用他人之著作或資料，確實註明來源。

九、使用或引用他人之創作或研發成果，尊重他人之智慧財產權，不抄襲、剽竊。

十、研究成果發表時，以實際參與研究並有貢獻者，於獲其同意後，依序列名為作者。

十一、妥善資料管理，確實參與成果發表事宜。

十二、為發表之成果負責，並適當回應正式查詢。

十三、研究成果不在學術性期刊重複發表。

十四、學術成果接受審查時，尊重審查單位之審查程序與審查委員之意見。

十五、對學術倫理之爭議，尊重本所「研究生學術評議委員會」決議。

CHAPTER 13

論文口試的準備與實施

論文的撰寫進入口試階段，就是驗收學習與研究成果的階段，同時也是研究生最期待的時刻。論文計畫口試或正式論文口試，都需要作謹慎與妥善的準備，否則就會成為研究生胸口的痛。在論文口試準備與實施方面，包括時間的掌握、行政方面的流程、論文口試的實施以及口試委員提出疑問時的論辯等，茲加以說明臚列如後：

一 論文口試的時間

㈠徵求指導教授的同意

研究生在提論文計畫（或正式論文）前，必須多次與指導教授會談，並且經過指導教授的首肯，才正式向系辦提出論文口試申請，因為研究生的申請書文件需要指導教授簽署。如果研究生未徵得指導教授的同意而擅作主張，提出論文口試申請，容易因為論文缺乏完整性而影響畢業時間。

㈡計畫口試需要的時間

一般學位論文計畫的口試，碩士學位約為2小時左右，博士學

位論文口試時間會比較長。此方面研究生容易犯的錯誤，在於缺乏與口試委員作密切的聯繫與溝通，導致校外口試委員到學校之後，不知道口試的地點。此外，研究生應該在口試前完成論文付印的工作，在口試前二週寄達口試委員手上，並進行確認工作。

(三)正式論文口試的時間

正式論文口試需要的時間，與論文計畫稍有不同，因為正式論文通常需要比較長的時間，作研究結果與建議方面的論辯。研究生應該提早與校內外口試委員確認時間，作口試行程方面的安排。一般大學教授在教學研究方面，時間上都是相當忙碌的，要找到共同時間是相當難的，尤其在學期末更為忙碌，所以提早聯繫並確認時間是相當重要的。

(四)前置作業需要的時間

在前置作業方面，研究生應該商請安排同儕作口試時的協助，包括錄音、紀錄、電腦的操作，否則容易在口試時手忙腳亂。此外，學位論文的口試需要配合行政流程，作各種文件的簽署，例如，口試委員的經費核銷、口試文件記錄的簽名、口試成績的核算、正式論文口試委員簽名頁等。

(五)有效的口試時間規劃

在時間的掌握方面，研究生應該參考一般學位論文口試所需的時間，並且作時間方面的規劃，包括校外口試委員是否需要接送？來回需要多少的時間？論文口試時需要的時間？此外，口試委員有無特別的要求，包括習慣喝咖啡或茶等。

二 論文口試的準備

㈠場地借用問題

一般學位論文口試，會在研究生的學校實施。因此，口試當天場地的安排、需要儀器的借用、口試海報的規劃設計等工作，需要研究生做好事前的準備。一般研究生比較容易犯的疏失，在於未事先登記場地、借用器材，導致口試時各方面的不順。此外，未事先確認各種口試行程或手續，導致口試完成之後，委員必須增加額外的工作。例如論文口試委員的簽署頁未事先準備好，導致必須事後再次寄給委員確認、口試委員的費用如何處理必須事先處理等。

㈡口試行程確認

口試行程的確認方面，研究生需要作再次的確認工作，適時地提醒口試委員與指導教授，準時出席論文口試，提供研究生論文修正的意見。在論文口試前，如果缺乏對行程的確認，恐怕影響論文口試的時程。

㈢會場準備事宜

學位論文口試屬於小型的學術發表會，在會場的準備與布置研究生應該花些心思，思考如準備規劃的問題。在會場上應該準備論文草稿本三份，避免有口試委員忘記帶論文而產生尷尬的現象。其次，會場的茶水、點心、使用的器材、電腦測試等，都需要做事前妥善的準備。任何缺乏準備的論文口試，都容易讓研究生產生手忙腳亂的現象。

㈣委員行程安排

校外口試委員從服務的學校到口試會場的行程安排，研究生需要做事前的聯繫工作。事先確認口試委員當天或接下來的行程，如果口試時間可能跨午餐、晚餐而委員不便留下來用餐的話，應禮貌性的爲委員事先準備餐盒。

㈤送禮物的問題

研究生論文口試之後，是否送簡單的禮物給口試委員的問題，每一所學校有不成文的規定，或是約定俗成的習慣。此方面決定權在研究生，不必過於拘泥形式。因爲一般教授都樂於出席研究生的論文口試，以提攜後進的情懷指導研究生的論文。送不送禮物對出席論文口試的教授而言，並不重要也無損於論文的品質和價值性。

 行政方面的流程

學位論文口試的行政手續，有各種特定的流程。研究生應該在口試前，了解行政單位的流程，需要辦理哪些手續，有哪些文件報表需要填寫等，需要做事前的準備。例如，研究生如未事前準備口試委員簽署文件（如正式論文簽名頁），在口試完成之後，校外委員部分必須用郵寄或親送的方式完成簽署，徒增各種麻煩。

 論文口試的論辯

論文口試過程中，研究生對自己論文的論辯，提出合理的解釋是需要的。研究生應該避免因臨場緊張導致有搶答的現象，或誤解

口試委員意見的現象，在未能確定口試委員的想法，或是口試委員的意見與研究者相左，請避免不必要的爭論，研究者應以虛心受教的態度接受指導。當口試委員誤解研究生的論文時，可以用婉轉的方式提出說明，和口試委員分享研究的過程與結論。如果，口試委員堅持自己的見解，研究生也應該給予尊重。

五　論文口試結束後

論文口試結束後，接下來的工作是和指導教授會談，討論口試委員提出的建議，並且確認需要修改的部分。論文修改之後，在付印前應該再送指導教授審閱。論文正式印出後，研究生應該將論文寄給口試委員典藏，以示尊重。

CHAPTER 14

論文口試委員常提的問題

論文口試是研究所階段，最重要的關鍵。論文口試是驗收研究生在研究所階段所學，以及在論文研究和撰寫上的成效。因此，研究生應該事前對論文口試，有清楚明確的了解，最好在口試前多觀摩自己同儕的口試，累積口試方面的實務經驗。研究生如果可以掌握論文口試委員常提的問題，做事前的準備和練習，可以減少口試期間的不安和惶恐。在論文口試期間，下列問題是研究必須先了解掌握的部分。

一　口試委員的組成

一般學位論文的口試，在提學位論文計畫或是正式論文口試，該學期一開學，就要提出申請。要請哪些教授擔任口試委員，通常是指導教授和研究生商量決定，也有指導教授全權決定者，部分學校是透過系務會議（或相關會議）決定。口試委員的人數，碩士學位規定為三至五人（通常以三人居多）、博士學位為五至七人（通常以五人為原則）、校外委員應為三分之一。換言之，碩士學位的校外委員一人，博士學位校外委員二人。

口試委員的資格

　　口試委員的資格，通常需要該領域具有相當專長的大學教師。如果是博士學位的口試，以本身具有博士學位的大學教師（助理教授以上）為原則，碩士學位的口試委員，以本身具有碩士以上的大學教師（助理教授以上）為原則。口試委員的延請，指導教授通常會請和自己比較談得來，或是有學術關聯性的教授為原則，任何人都不喜歡請一位會為難自己學生的教授，讓自己和指導的學生難堪的。

 ## 口試委員的聯繫

　　口試委員名單列妥以後（通常需要列二倍人數），循著學校學術行政系統，層層簽核讓校長核定之後，系辦公室會通知研究生，請研究生和口試委員聯繫（有部分學校由系辦公室代為聯繫）相關的論文口試事宜。

 ## 口試委員的決定

　　口試委員的決定，通常是指導教授依據研究生的論文領域，以及相關專長，商請校內外該領域專長的教授，擔任研究生的口試委員。因此，研究生的論文計畫或正式論文，必須經過指導教授的首肯之後，才辦理申請手續。所以，只要指導教授點頭同意提出申請，通常都不會有問題的。因此，研究生和指導教授的互動關係，

對論文口試的提出影響是相當大的。如果，指導教授在研究生提論文計畫口試有意見的話，最好依據指導教授的意見調整修改，否則對論文口試是相當不利的。

 # 五　口試委員的問題

　　口試委員出席論文口試，通常是和指導教授的交情相當不錯，特別協助論文口試。因此，研究生對口試委員應該給予更多的尊重。不過，研究生在論文申請口試的時間掌握上，要特別注意給自己和口試委員更充裕的時間。因為要將三位忙碌的大學教授，找出一個共同時間是相當不容易的事。最好請口試委員提幾個可運用的時間，否則會影響口試的進行。例如筆者指導的研究生，利用假日和晚上口試的機率是相當高的。

六　口試時委員最常提出的問題

㈠本研究相關方法論問題

　　學位論文最關鍵處在於方法論的運用，因此口試委員最常針對方法論，提出相關的問題問研究生。所以研究生對學位論文的方法論，要相當熟悉才可以，任何研究方法本身就是一種限制，方法論的運用和運用的緣由，最好能參考研究法方面的專業書籍。

㈡本研究的優、缺點何在？

　　研究本身的優缺點，研究生應該有深入的了解。當口試委員問研究生論文的優缺點時，應該儘量以謙虛客氣的方式回應，對於論

文的優點應該能具體的提出來，對於論文的缺點建議以「研究限制」的方式提出和委員分享。研究生應該記住避免談過多的缺點，否則的話形同否定自己的研究，以及指導教授的指導功勞。

㈢研究者本身的觀點何在？尤其是理論與實際的結合？

研究者在研究過程中的觀點，影響研究方法論的運用，以及研究結果與建議。因而，口試委員經常會針對論文的相關理論，問研究生對該理論或觀點的看法，並且要求研究生表明自己的立場。如果研究涉及理論與實際的結合，口試委員會趁機提出來，問研究生對該論點的看法。例如，現職中小學教師如果作九年一貫課程的實施問題，在口試階段委員會請研究生就自己的教學現場，提出自己對九年一貫課程改革的看法，以釐清研究者在該研究的價值觀和立場。

㈣本研究如果可以重來一遍，研究者會如何進行研究？

正式論文完成階段的口試，委員最喜歡提出上述問題，了解研究生在完成論文後的想法。此方面，研究生宜針對論文研究進行中所產生的問題，提出作為後續研究的參考，或是研究中產生的困難，提出和委員分享。研究生應該避免在這個問題上，否定自己原先的研究，不管是方法、研究問題或是研究結論。

㈤研究結束之後，研究者有哪些方面的成長？

對從事學位論文撰寫的研究生而言，論文的撰寫只是一個過程，並非學術研究的結束。因此，委員多半想要了解研究結束之後，究竟研究生有哪些方面的成長，從研究過程中得到哪些學習與成長。從研究生的回應中，可以看出研究生對研究的觀點，本身對研究所持的態度，以及是否和實務結合的問題。要回應這些問題，需要研究生在論文完成之後，給自己一段時間作沈澱，好好回顧研

究進行中、結束後的改變。適當的分享，對論文口試效果具有加分作用。

㈥本研究的限制何在？研究者如何突破這些限制？

基於任何研究方法的運用，本身就是一種限制的現象，研究生對論文的方法論，應該要有深入的了解，尤其是方法論所面臨的限制問題，任何研究的進行，都會因為各種情境，導致研究無法控制的限制出現。研究生在論文進行時，曾經導致哪些限制，包括人、事、時、地、物等因素，都應該掌握在手中。這些限制是什麼？研究生究竟是如何突破這些限制的，可以在口試時提出來報告，當然無法突破的部分，可以適時地列在研究限制或進一步研究建議上。

㈦本研究過程中曾經遇到哪些問題？研究者如何處理這些問題？

研究過程中所遇到的問題，包括各種突發狀況，研究生究竟如何處理這些問題，透過哪些有效的策略或方法，可以在口試時提出來和委員分享。例如，運用個案研究法的論文，如果個案流失或表示不願意繼續進行研究時，研究生是如何處理因應的；採用問卷調查法研究教育現象的論文，如果問卷回收率低時，研究生是如何提高問卷回收率的等等。

㈧本研究在實際上的應用如何？

學術論文研究結果的應用，是進行研究的重要目的之一。因此，論文口試時委員喜歡問研究生研究結果在實際上的應用問題。例如，研究國小教師教學效能問題的論文，如果研究生是現職中小學教師，口試委員會連帶問研究生，教學效能的應用問題，以及如何提升教師教學效能的有效策略。

㈨目前國內在此方面的實施現況如何？研究者的觀點呢？

研究生對學位論文的研究，在國內目前的實施現況，應該要有粗淺的了解，尤其是對該主題的觀點、立場等議題。因此，研究生在學位論文撰寫過程中，文獻資料的蒐集與實際上的應用，必須透過資料的閱讀，而有自己的觀點和立場。這些觀點必須配合理論與實際的結合，才能提出比較明確的答覆。

㈩研究結論問題

研究結論與建議，通常是最能代表研究人員的學術造詣和功力，透過對研究問題的思考，相關文獻的探討，研究結果的分析討論，所導引出來的結論和建議，對研究最後的思考，是相當重要的一環。研究生在提出研究結論時，應該回歸到研究目的與研究問題，所提出來的建議和策略，是否可以解決研究問題，是否可以達到研究目的。例如，將研究目的訂在探討國小教師教學效能的現況，研究結論是否將國小教師教學效能現況，作詳細的說明和解釋。

(十一)後續研究問題

研究生關心的是研究成果問題，口試委員關心的是後續研究問題。因此，學位論文的後續研究，是口試委員常提出來的問題。如果是碩士學位論文，口試委員會在適當時機問研究生，後續是否有進修博士學位的計畫，或是有持續進行研究的規劃。此一問題，研究生可以照實回答，如果在碩士學位完成之後，想要先進入職場，可以向委員婉轉說明。

㈡生涯發展問題

碩士論文口試後的生涯發展，部分委員會在口試即將結束時提出來，了解研究生後續的規劃。如果是博士學位論文，口試委員會關心研究生取得最高學位後，後續的生涯發展。因此，研究生可以依據自己的生涯發展，以及後續規劃提出來和委員分享，或是請教委員的看法。此一問題是研究生與口試委員意見交流與情感交流的最好機會，研究生應該好好地把握此一機會。

 七 口試之後要作的事

㈠依據委員的意見修改論文

口試完成之後，研究生應該依據口試委員提出的意見，作論文的修改修正。如果口試委員的意見有相左之處，可以請教指導教授並以指導教授的意見為準。對於口試委員的意見，應該給予高度重視，並思考論文修改的可能性。過去有研究生在口試完成之後，論文未經修改即送出並且辦理畢業手續，導致口試委員不諒解的情景發生。

㈡感謝口試委員的論文指導

口試完成之後，研究生對於口試委員的出席指導，應該給予虔誠的謝意。尤其是在專業方面的指導，更應該謹記在心。一般閱讀一篇學位論文，約需要一天時間，嚴謹的委員可能要花二至三天時間，對於學位論文的指導，不僅僅止於錯別字的訂正、研究方法的指正、研究結果分析與討論的釐清，更而對人際相處與治學之道的引導，都是研究生需要學習之處。

㈢將正式論文寄給委員典藏

正式論文印出之後，應該寄給口試委員書面資料（或光碟）作為典藏。一般的口試委員，都會在擔任口試之後，將學生的論文珍藏，或作為上課舉例之用，或作為自己典藏之用，或作為進行學術研究的參考。由於資訊電腦與科技的發達，研究生可以考慮用光碟版的方式，寄給相關的人員作為典藏之用。

㈣與委員保持密切的聯繫

論文口試時間約略一小時半至二小時不等，然而學位論文口試的進行，是一種學術研究與經驗分享和情感的交流。論文口試不應只關心通過與否的問題，而是在此過程中研究生有哪些方面的成長。因此，在論文口試完成之後，研究生應該與口試委員保持密切的聯繫，可以隨時進行學術研究的交流，或是作研究心得的分享。秉持著「一日為師，終身為父」的情懷，對未來的學術發展具有積極的意義。

㈤寄感謝函給曾經協助的人

學位論文完成並取得正式學位後，應該書函給在本研究進行中，曾經給過自己幫助的人。不管是機關團體、個人或是親朋好友，應該致上自己虔誠的謝意，同時將畢業的喜悅和大家分享。如果研究生採用的方法是德懷術，則德懷專家與實施專家效度的人員，也應該一併致上謝意。

論文口試期間的學習，不僅止於學術論文的成長，同時也是一種人際關係的歷練，從口試委員的聯繫、時間和交通的安排、口試會場的準備、相關行政程序的處理，在在都可顯示出研究生為人處事的歷練，以及處理事情的態度。因而，從論文口試學習，到未來學術研究的成長，都會是一種長期且永無止境的學習。

參 考 文 獻

王文科（1999）。教育研究法。臺北：五南。

王石番（1993）。傳播內容分析法——理論與實證。臺北：幼獅。

王隆盛（1994）。歷史研究法的探討。載於國立政治大學教育研究所主編，教育研究方法論文集：紀念蔡保田教授逝世三週年（15-20）。臺北：臺灣書店。

吳明清（1991）。教育研究——基本觀念與方法之分析。臺北：五南。

吳明隆（2001）。教育行動研究導論——理論與實務。臺北：五南。

周文欽、周愚文（1998）。載於賈馥茗、楊深坑主編，教育研究法的探討與應用（頁1-34）。臺北：師大書苑。

林吟靜（2008）。運用故事教學對學童閱讀動機與閱讀能力影響。國立臺南大學教育學系課程與教學碩士班碩士論文（未出版）。

林清山（1991）。實驗研究法。載於黃光雄、簡茂發主編，教育研究法（309-340）。臺北：師大書苑。

林進材（1997）。教師教學思考——理論、研究與應用。高雄市：復文。

林進材（1998）。教學研究發展及其對師資培育的啟示。國立臺南師範學院初等教育學報，11，121-146。

林進材（1999）。教學研究與發展。臺北：五南。

林進材（2002）。臺灣地區教學研究發展趨勢之分析與展望：以1990～2000年學位論文為例。國立臺南師範學院初等教育學報，15期。

林進材（2004）。教學原理。臺北：五南。

林進材（2006）。教學論。臺北：五南。

林瑞榮（1999）。內容分析法。載於中正大學教育學研究所主編，教育學研究方法論文集（頁47-55）。高雄：麗文。

范珍輝（1971）。方法學。載於龍冠海主編，雲五社會科學大辭典第一冊社會學（頁35）。臺北：臺北商務印書館。

席汝楫（1997）。社會與行為科學研究方法。臺北：五南。

高敬文（1988）。「質的研究派典」之理論分析與實際應用。屏東縣，

國立屏東師範學院。

張世平（1991）。行動研究法。載於黃光雄、簡茂發主編，教育研究法（341-364）。臺北：師大書苑。

郭生玉（1994）。心理與教育研究法。臺北：精華。

劉昭男（2008）。雲林縣國小實施環境教育教學現況與因應策略之研究。國立臺南大學教育學系課程與教學碩士班碩士學位論文。

陳向明（2002）。社會科學質的研究。臺北：五南。

陳伯璋（1990）。教育研究。載於黃光雄主編，教育概論（頁445-490）。臺北：師大書苑。

陳彩娥（2004）。澎湖縣國小教學檔案實施現況暨教師態度之調查研究。國立臺南大學教育經營與管理研究所碩士論文。

陳奎憙（1987）。教學研究方法論的探討。載於中國教育學會主編，教育研究方法論（頁95-129）。臺北：師大書苑。

陳惠邦（1998）教育行動研究。臺北：師大書苑。

陳榮華（1987）。個案實驗法在教育上的應用。載於中國教育學會主編，教育研究方法論（頁62-94）。臺北：師大書苑。

陳鴻賢（2003）。臺灣地區教學研究發展趨勢之分析 —— 以近十年學位論文為例。國立臺南師範學院國民教育研究所碩士論文，未出版。

黃光雄（1987）。教育的歷史研究方法。載於中國教育學會主編，教育研究方法論（頁195-213）。臺北：師大書苑。

楊文玲、林淑美（1988）。俗民誌法。載於蔡保田主編，教育研究法（頁308-336）。高雄：復文書局。

楊荊生（1993）。哲學研究法與其他教育研究法的關係。載於賈馥茗、楊深坑主編，教育學方法論（頁285-316）。臺北：五南。

楊深坑（1988）。理論、詮釋與實踐。臺北：師大書苑。

劉錫麒、鍾聖校（1988）。俗民方法論。載於賈馥茗、楊深坑主編，教育研究法的探討與應用（頁141-166）。臺北：師大書苑。

歐用生（1991）。「內容分析法」。載於黃光雄、簡茂發主編，教育研究法（頁229-254）。臺北：師大書苑。

蔡清田（2000）。教育行動研究。臺北：五南。

Borg, W. R., & Gall, M. D. (1989). *Educational Research: An Introduction* (4th ed.).New York: Longman.

Gay, L. R. (1992). *Educational research: Competencies for analysis and application* (4th ed.). New York: Merrill.

Robert, C. B., & Sari, K. B. (1998/2001). *Qualitative Research for Education: an Introduction to Theory and Methods*.

國家圖書館出版品預行編目資料

寫一篇精彩的學位論文／林進材著.
--初版.--臺北市：五南，2008.04
面；　公分
ISBN 978-957-11-5171-7（平裝）
1.論文寫作法
811.4　　　　　　　　　　97004960

1JBR

寫一篇精彩的學位論文

作　　者 ─ 林進材(134.1)

發 行 人 ─ 楊榮川

總 經 理 ─ 楊士清

副總編輯 ─ 陳念祖

責任編輯 ─ 李敏華

封面設計 ─ 童安安

出 版 者 ─ 五南圖書出版股份有限公司

地　　址：106台北市大安區和平東路二段339號4樓

電　　話：(02)2705-5066　傳　　真：(02)2706-6100

網　　址：http://www.wunan.com.tw

電子郵件：wunan@wunan.com.tw

劃撥帳號：01068953

戶　　名：五南圖書出版股份有限公司

法律顧問　林勝安律師事務所　林勝安律師

出版日期　2008年 4 月初版一刷
　　　　　2018年12月初版五刷

定　　價　新臺幣310元